무해의 방

* 이 도서의 국립중앙도서관 출판예정도서목록(CIP)은 서지정보유통지원시스템 홈페이지(http://seoji.nl.go.kr)와 국가자료공동목록시스템(http://www.nl.go.kr/kolisnet)에서 이용하실 수 있습니다. (CIP제어번호: CIP2019019767)

2019
한경신춘문예
당선작

진유라
장편소설

무해의 방

은행나무

차례

프롤로그

기상청은 올겨울에 눈이 많이 내릴 거라고 예보했다. 서울에는 아직 첫눈이 내리지 않았다. 무해는 첫눈이 오기 전에 물건들을 정리해야 한다고 딸 모래에게 말했다. 그녀는 물건의 절반을 버렸고, 나머지 절반은 네 상자에 나눠 담았다. 네 상자는 두 상자로 줄었고, 두 상자는 다시 한 상자로 줄었다. 한 상자는 한 달 동안 그녀의 방을 지켰다. 결국, 그녀는 마지막 남은 한 상자의 물건마저 도로 풀어놓았다. 그녀는 요양원에 물건들을 가져가 봤자 쓸모없는 짐만 될 뿐이라고 생각했다. 대신 그녀에게는 노트 하나가 남았다. 어느 날 그녀는 기록하는 일을 그만두었지만, 노트에는 중단된 기록들이 남아 있었다. 그녀는 노트에 족보와 마음의 부채, 레시피를 남겼다.

무해에게 남은 건 관계였고,

무해가, 남긴 것도 관계였다.

무해의 노트에는 망설였던 삶의 흔적들이 있었다.
한 영혼의 그림자가 그 흔적 속에서 서성이고 있었다.
그림자의 구부정한 등과 어깨에서 그간의 고단함이 묻어났다.

친구 영주는 당분간 무해를 보러 집에 오지 못한다고 말했다.
영주의 친정어머니가 돌아가셨기 때문이었다. 그 일 때문에 그
녀가 요양원에 가야 하는 날짜가 늦춰지고 있었다. 그녀는 영주
가 상제가 되었다는 사실을 알지 못했고, 며칠 동안 영주의 얼굴
을 보지 못한 것도 알아채지 못했다. 그녀는 영주를 잊었다. 그
녀는 영주에게 '유일하게 신뢰하는 타인'이라고 말했다. 그녀에
게 '타인에 대한 신뢰'는 곧 '세상에 대한 신뢰'이기도 했다. 영
주는 '유일하게 신뢰하는 타인'이라는 말을 좋아했다.

요리와 기록은 유사하다.
요리와 기록은 흩어져 있는 조각들이 모이면서 하나의 형태
를 만든다.
그래서 요리와 기록을 할 때 갖는 감정도 비슷하다.

모래는 무해의 노트를 펼쳤다.
카스텔라 레시피에는 빨간색의 별표 표시가 되어 있는 부분
이 있었다.

☆ 머랭을 만들 때 처음부터 설탕을 넣지 말 것.

　모래는 카스텔라를 만들기 위해 밀가루와 옥수숫가루를 체에 곱게 쳤다. 노른자와 흰자는 따로 분리하고, 흰자로 거품을 만들었다. 모래는 레시피대로 처음부터 설탕을 넣지 않았다. 설탕은 거품이 만들어지는 것을 방해했다. 설탕을 넣기 전에, 먼저 거품을 내서 흰자의 단백질이 어느 정도 공기를 품게 만들어야 했다. 거품이 충분한 공기를 품고 있을 때 설탕을 넣으면, 설탕은 흰자가 가지고 있는 수분을 흡수해서 기포가 쉽게 터지지 않게 만든다. 견고한 거품 만들기가 카스텔라를 잘 만드는 비결이었다. 그렇게 만들어진 카스텔라는 식감이 단단하면서도 부드러웠다. 모래는 밥솥 안에 버터를 바르고, 카스텔라 반죽을 쏟아부었다. 모래는 만능 밥솥의 영양찜 버튼을 눌렀다. 육십 분 후면 카스텔라가 완성될 것이다.

　이제 무해는 카스텔라를 수집하지 않는다.
　무해는 카스텔라를 잊었다.
　카스텔라의 레시피도, 달콤함도, 부드러움도.
　무해는,
　밀수를 통해 카스텔라를 가져온 아버지도,
　창바이에서 카스텔라를 사준 쯔도,
　카스텔라를 직접 만들어 먹였던 페이도,
　잊었다.

카스텔라의 세계가 사라지고,

무해에게는 기억과의 사투만이 남았다.

기억은 육신에 새겨진 시간이며,

감각으로 쌓인 시간은 욕구를 가진 말이 되었고,

말은 특별한 감정을 가진 자기 자신이 되었다.

기억과의 사투는 자기 자신과의 싸움이었다.

무해는 모래의 얼굴을 잊었다가 다시 기억했다.

무해는 모래를 어머니로, 명희로, 어린 페이로 착각하기도 했다.

무해는 잊지 않을 거라 생각했던 것들은 의외로 빨리 잊었다.

그리고 오랜 세월,

기억의 표면으로 단 한 번도 올라오지 못한 일들은 무해의 기억 속에서 생각보다 오래 살아남았다. 기억이 사라지고 남는 순서는 어떤 기준이고, 무슨 이유일까?

모래는 대한민국에 처음 발을 디딘 날의 인상을 무해에게 물은 적이 있었다. 대부분의 탈북자는 대한민국 발전상에 대해서 말하곤 했다. 모래는 그녀가 도시에 대한 이미지를 말하지 않을까, 기대했다. 하지만 그녀의 대답은 뜻밖이었다.

무해는 국정원 직원들에 대한 인상이 매우 깊었다. 세 명의 국정원 직원들이 공항으로 그녀를 마중나왔다. 그들에게서는 자본주의 냄새가 물씬 풍겼다. 키가 껑충하게 컸고, 영화배우처럼 잘생겼으며, 검은색의 양복을 쫙 빼입었고, 얼굴 피부는 하얗고 깨끗했으며, 기름기가 흘렀다. 그들은 탈북자들에게 구십 도로 허리를 굽혀 깍듯하게 인사했다. 그때 그녀는 정중하게 허리 굽힌 인사를 생전 처음 받아보았다.

내가 이런 정중한 인사를 받아도 될까?

무해는 공항 로비에 서서 그런 생각을 했다. 그녀가 본 공항은 대낮처럼 환했고, 밖에는 눈부신 햇살이 쏟아졌다. 하지만 실제로 그녀가 공항에 도착한 시간은 밤이었다.

국정원 직원 중 누군가 탈북자들에게 "대한민국에 오신 것을 환영합니다"라고 말했다. 그 말을 들은 무해가 가장 먼저 떠올린 것은 후커우였다.
후커우가 없는 검은 사람, 후이구가.
이젠 후이구가를 벗어날 수 있는 후커우, 호적이 내게도 생기는구나.
그때 무해는 말로 표현할 수 없는 묘한 기분에 휩싸였다.
무해는 대한민국 국적을 얻는 대신에 태어난 조국의 국적을 버려야 했다.

무해는 창가에 서서 "눈이 곧 올 것 같아"라고 중얼거렸다. 모래는 창밖을 내다보았다. 그녀 말대로 밖은 금방이라도 눈이 쏟아질 것 같은 날씨였다. 어제도 그런 날씨였지만 눈은 내리지 않았다. 단지 눈은 내릴 때가 되어서 내렸을 뿐이고, 내릴 때가 되지 않아서 내리지 않았던 것뿐인데…… 사람들은 이른 첫눈, 늦은 첫눈 하면서 시기를 만들기에 바빴다. 그녀는 밖의 날씨를 보고 눈이 올 것 같다고 말한 게 아니었다. 그녀는 그 옛날, 어느 시절의 날씨가 떠올랐던 것이다. 영주는 아침 일찍 모래에게 전화를 걸어서 오랜만에 그녀의 안부를 물었다. 영주는 정오에 그녀가 좋아하는 카스텔라로 점심을 대신하자며 따뜻한 우유를 준비하라고 말했다.

정오가 되려면 아직 세 시간이 남았다.

모래는 무해에게 구십 도 허리를 굽혀 인사를 했다. 모래는 무해가 만났던 국정원 직원의 말을 흉내냈다. 무해는 그 말을 기억했다. 그녀는 그들의 인사말에 응답이라도 하듯 봄꽃처럼 환하게 웃었다. 하지만 삼 분이 지나면 그녀는 기억을 잃었고, 표정이 금세 어두워졌다. 또 삼 분이 지나면 모래는 구십 도로 허리를 굽혀 그녀에게 인사를 했고, 국정원 직원의 말을 흉내냈다. 그녀는 아까처럼 똑같이 삼 분 동안 환하게 웃었다. 그리고 그녀는 잊었다. 영주가 집에 도착할 때까지 모래의 국정원 직원 놀이는 계속될 것이다.

모래는 어렸을 적, 첫눈을 기다렸던 마음으로 무해에게 또박 또박 말했다.

"대한민국에 오신 것을 렬렬히 환영합니다."

초로기 치매

모래가 영주의 전화를 받은 것은 귀갓길 지하철에서였다. 영주는 대뜸 무해가 길을 잃었다고 말했다. 모래는 영주의 말을 제대로 이해하지 못했다. "이모, 엄마가 길을 잃었다고요?" "그래, 엄마가 좀 이상해." 영주는 어떻게 말을 해야 할지 모르겠다는 듯이 침묵했다가 다시 말을 이었다. "엄마가 집에 가는 길을 잃었어. 나도 무슨 일인지 도무지 모르겠다." 모래는 영주와의 전화 통화를 끝낸 후, 집으로 가는 길을 서둘렀다. 불안이 집까지 끈질기게 따라붙었다.

'이십 년 넘게 살았던 동네에서 엄마가 길을 잃다니.' 모래는 머릿속이 하얘졌다. 무해와 영주는 오랜 세월 동안 친자매처럼 지내온 사이였다. 십 년 전 남편과 사별을 한 후 의지할 곳이 없었던 영주는 무해가 사는 동네로 이사를 왔다. 영주는 그녀의 집에서 도보로 십오 분 거리에 위치한 아파트에 살고 있었다. 두 사람은 매일 오전 11시가 되면, 동네 인근에 있는 스포츠센터에서 만났다. 두 사람은 볼링, 요가, 수영을 함께 배우고, 점심을 먹은 뒤 헤어졌다. 벌써 십 년째 해오고 있는 일이었다. 두 사람 모두 고집이 센 편이지만, 서로에게는 고집을 내세우지 않았다. 서로에게 애쓰는 것이 힘들지 않고 즐겁거나, 자신의 개성이 상대 앞에서 쉽게 소멸하는 그런 관계는 궁합이 잘 맞는 관계였다. 그런 의미에서 두 사람의 성격 궁합은 잘 맞았다. 영주의 집이 스포츠센터와 더 가까웠기 때문에 운동이 끝나면, 그녀는 늘 영주의 집에서 시간을 보냈다. 사 년 전, 남편이 사망한 이후로 무해는 영주의 집에서 거의 살다시피 했다. 먼저 남편상을 당한 영주는 그녀에게 많은 의지가 되었다.

오늘도 무해의 표정과 기분은 보통 때와 다름없었다. 두 사람이 나눈 대화도 평소와 같았고, 이상한 낌새는 전혀 없었다. 오늘 두 사람은 여성 복지센터에서 운영하는 홈 바리스타 강좌, 국내 금 시세, 부동산, 대장암, 보험, 얼마 전에 시작한 보도블록 교체작업에 대해서 이야기를 나누었다. 그녀는 영주가 뉴스 진행자 '손석희' 이름이 생각나지 않아서 우물쭈물하자, 보건소에서 진행하는 무료 치매 검사를 함께 받으러 가자고 말했다. 영주는 "환갑도 안 된 젊은 나이에 무슨 치매…… 갱년기라서 그래" 하고 그녀의 말을 가볍게 농담처럼 넘겼다.

정오에 무해는 영주와 점심을 함께 했다. 두 사람은 오랜만에 만둣국을 먹었다. 만두는 이북식 만두였다. 무해가 집에서 직접 빚어서 만든 만두였다. 이북식 만두는 그녀가 무척 좋아하는 음식이기도 했다. 그녀가 만든 이북식 만두는 요즘 시중에서 파는 만두와 피가 달랐다. 시중에서 파는 만두피는 얇고 보들보들했지만, 그녀가 만든 만두피는 두껍고 크기가 커서 만두를 만들면 투박해 보였다. 그녀는 두부, 돼지고기, 숙주로 만두소를 만들었다. 그녀는 만둣국을 먹으면서 이북 음식 이야기를 꺼냈다. 그녀는 마치 자신이 이북에서 살다 온 사람처럼 북한의 국경도시 혜산에 대해서 말했다. 그녀에게 음식은 어떤 순간과 사람을 기억하는 방식이었다. 늦은 오후, 그녀는 영주와 헤어졌다. 그리고 한 시간 뒤 영주는 그녀의 전화를 받았다.

저녁을 하기 위해 집으로 간다던 무해는 한 시간째 동네를 헤매다 영주에게 전화를 걸었다. 그녀의 목소리는 다급했다. 그녀는 영주에게 집으로 가는 길을 잃었다고 말했다. 그녀는 주위에 눈에 띄는 가게 간판을 영주에게 말했고, 몇 분 뒤 두 사람은 '온 스타일' 미용실 앞에서 만났다. 영주를 만난 그녀는 "동네가 너무 낯설어. 처음 와본 동네인 것 같아"라고 말했다. 그녀의 말에 영주는 충격을 받았다. "온 스타일 미용실 기억 안 나? 일 층에 있는 우리은행은 네가 오랫동안 다녔던 은행이잖아. 우리은행 옆에 있는 초록 약국도…… 총각네 야채가게는 어제도 다녀왔는데……" 영주는 당황해하는 그녀의 얼굴을 응시하며 말했다. "모르겠어. 너무 낯설어. 여기가 어딘지 도무지 모르겠어." 그녀는 금방이라도 울 것처럼 말했다.

영주는 무해를 집에 데려다주었다. 영주는 "우울증과 갱년기가 겹친 거야. 나도 남편 죽었을 때 그랬어. 난 너보다 더 심했어.

별일 아니니까 걱정하지 마"라고 그녀를 안심시켰다. 그녀는 예전에 처방을 받아놓았던 자낙스 0.25밀리그램 한 알을 먹었다. 남편이 사망한 후부터 복용하기 시작한 신경안정제였다. 그녀가 어느 정도 진정이 되는 것을 지켜본 후, 영주는 집을 나섰다. 영주는 집으로 돌아가는 길에 스마트폰 연락처 검색란에 '무해 딸' 검색어를 써넣었다.

인간은 일상을 스토리로 소비한다. 그러나 병이 인간에게 주는 신호는 스토리 밖에 있는 어떤 기운이다. 그 기운이 육체에 깊이 스며들었을 때 비로소 인간은 병을 인식한다. 인간은 병마저도 스토리라는 방식으로 이해한다. 그런 사람들이 흔히 내뱉는 말은 '병과 싸운다'이다. 스토리의 절정은 갈등이기 때문이다. 병은 대립이 아닌 인간의 태도를 만든다. 무해와 모래도 병이 오는 기척을 눈치채지 못했다. 그도 그럴 것이 무해의 나이는 환갑도 안 된 겨우 쉰세 살이었다. 치매에 걸리기에는 너무 젊은 나이였다. 모래는 치매를 노년기에나 발생하는 병쯤으로 알고 있었다. 영화 〈내 머리 속의 지우개〉에서 여주인공이었던 영화배우 손예진은 알츠하이머에 걸려 기억을 서서히 잃어가고 있는 환지 역할을 한 적이 있었다. 영화 속 주인공의 나이는 겨우 스물일곱이었다. 하지만 그것은 어디까지나 영화일 뿐이었다.

모래가 무해의 증세를 치매로 의심하지 못한 또 다른 이유가 있었다. 올해는 모래의 아빠가 죽은 지 사 년째 되는 해였다. 그 후, 무해는 우울증에 시달렸다. 그녀보다 먼저 남편상을 치른 영주도 우울증을 심하게 앓았고, 그 때문에 기억력 감퇴, 집중력 저하, 언어능력 저하로 고생을 했었다. 그런 사정들이 있었기 때문에 모래는 무해의 기억력 감퇴가 일시적이며 우울증에서 비롯된 것이라고 판단했다.

남편의 임종 때도, 장례식장에서 눈물을 흘리는 조문객을 맞이할 때도, 남편을 산에 묻을 때도, 무해는 울지 않았다. 그런 그녀를 보고, 한 조문객은 무표정과 무감각은 우울증 증세 중의 하나라고 걱정스럽게 말하기도 했었다. 장례식과 삼우제를 치르자마자, 그녀가 가장 먼저 한 일은 살던 아파트를 부동산에 내놓는 일이었다. 그리고 두 번째로 한 일은 남편의 옷과 물건들을 일찌감치 처리해버리는 일이었다. 모래는 장례식이 끝나자마자 아빠의 흔적을 지우기 시작한 무해를 이해할 수가 없었다. 유품을 정리하는 일은 또 다른 방식으로 고인과 이별을 하는 일이었다. 모래는 시간을 들여 아빠의 유품을 천천히 정리하고 싶었다. 그런 일은 생애 단 한 번만 할 수 있는 일이었다. 그런데 무해는 동네 재활용 처리 업체에서 일하는 폐지 수거 할머니에게 남편의 옷과 책들을 넘겨버렸고, 나머지 유품들은 도우미를 불러 처리했다. 마치 그녀의 모습은 남편의 유품들을 보는 것도, 만지는 것도, 끔찍스러워하는 것처럼 보였다.

무해는 이사 가는 날까지 남편과 함께 지냈던 부부 침실에 단한 번도 들어가지 않았다. 침실은 남편이 마지막으로 119에 실려간 그날 그대로였다. 침대 위의 이불은 남편이 이제 막 일어난 것처럼 한쪽이 젖혀진 채로 있었고, 옷걸이에 벗어놓은 옷들은 오 분 대기조처럼 주인을 기다리고 있었다. 방바닥에는 짝 잃은 슬리퍼와 가래를 뱉어낸 휴지들이 어지럽게 흩어져 있었고, 작은 탁자 위에는 남편 회사 로고가 찍힌 유리컵과 미처 다 복용하지 못한 약들이 있었다. 방 안의 물건들은 남편의 동선 안에 그대로 남아 있었고, 주인이 신호를 줄 때까지 일시정지된 상태였다. 침실에는 여전히 환자의 체취가 곳곳에 배어 있었고, 단지 체취의 주인만 사라지고 없었다. 사물들의 배치는 부재한 사람의 모양을 만들었다. 존재하는 것들이 존재하지 않는 사람의 공간을 부각했고, 그래서 사람들은 죽은 사람들의 물건을 서둘러 버리는 건지도 모른다. 아빠의 방을 정리하고 난 뒤, 모래에겐 탁자 위에 있었던 약봉지 하나가 기억에 남았다. 도드라져 보이는 노란색 알약이 섞여 있었던 약봉지였다. 노란색 알약은 마치 그 방에 태초부터 있었던 것처럼 그렇게 오뚝 남았고, 결국 부재는 노란색 알약에 새겨졌다.

무해는 이사를 가는 날까지 거실에서 잠을 잤다. 모래는 아빠와 심리적 거리를 두려는 그녀의 행동들을 보고, 그것은 그녀가 부재를 견디지 못하고 있는 분명한 증거라고 생각했다. 하지만 모래는 그녀가 자신과 한마디 상의도 없이 유품들을 모두 정리해버린 일에 대해서는 화가 났다. 그녀를 충분히 이해하면서도 서운했다. 모래에게는 마음껏 공을 들여서 애도할 시간이 필요했다. 모래는 그녀에게 애도할 기회를 빼앗긴 기분이 들었다. 사실, 무해는 냉정한 사람이 아니었다. 그녀는 누구보다도 남편을 사랑하고 남편에게 헌신했던 아내였다. '그랬던 엄마가 아빠에게 이

토록 냉정할 수 있을까?' 한동안 모래는 그녀를 피해 다녔다.

기억의 재현을 거부하는 것은 이미 치매의 징후가 육체에 들어서기 시작했다는 것을 의미했다. 치매는 환자가 자기 자신을 의심할 수 있는 기회를 차단했다. 의심할 수 있는 기회를 가진 사람은 오로지 의사뿐이었다.

생각보다 집이 빨리 팔렸다. 무해가 부동산에 집을 내놓은 지 한 달 만이었다. 이사 갈 집은 살던 집에서 도보로 십 분 거리에 있는 소형 아파트였다. 그녀는 이사 갈 아파트를 보러 다니지도 않았다. 그녀는 부동산에서 소개해준 여러 아파트 중, 한 아파트만을 마지못해 겨우 보러 갔을 뿐이었다. 그녀는 그날 바로 아파트 계약을 했다. 아파트 계약이 모두 끝났을 때 그녀는 이사 갈 아파트가 어딘지 모래에게 알려주었다. 이사 갈 거란 생각도 전혀 하지 못한데다 갑자기 집이 팔렸다는 사실에 놀란 모래는 앞으로 살 아파트 계약까지 이미 끝냈다는 무해의 말을 듣고 도대체 이게 무슨 일인가, 하고 어안이 벙벙했다. 모래는 혹시 자신이 알지 못하는 어떤 사연이 무해에게 있었을지도 모른다는 엉뚱한 생각까지 했다. 가령, 자식도 모르는 부부만의 깊은 갈등과 분노…… 그런 의심이 들 정도로 그녀의 행동은 이상했다. 어느 한순간에 이렇게 사람이 변할 수가 있을까? 모래는 부정하듯 머리를 흔들었다. 갈등이란 게 숨긴다고 숨겨지는 것도 아니었다. 모래는 무해가 부부 문제로 갈등을 겪고 있는 상황을 단 한 번도 본 적이 없었다.

이사를 온 후, 모래는 그동안 이상하게 여겼던 무해의 행동들은 우울증에서 비롯되었다는 것을 확신하게 되었다. 그녀는 새로 이사 온 아파트에 정을 붙이지 못했다. 늘 전에 살던 아파트를 그리워했다. 그러나 그녀는 예전에 살던 아파트를 그리워하면서도 그곳에 가지 않았다. 그즈음 그녀는 종일 불평불만을 입에 달고 살았다. 예전에 없던 습관이었다. 새로 이사 온 아파트는 마당이 좁아서 운동할 데도 없고, 아파트 계단은 청소를 제대로 하지 않아 더럽고, 엘리베이터는 속도가 느려 터졌고, 경비원들은 주차관리를 제대로 하지 않고, 아파트 주민들은 인사성이 없다는 말을 그녀는 매일 반복적으로 쏟아냈다. 급기야 그녀는 아파트 관리사무소 소장을 찾아가 예전에 살던 아파트는 일 년에 한 번 기계 청소와 매일 물걸레질을 해서 아파트 계단이 깨끗하게 잘 관리가 되었는데 왜 이 아파트는 그렇게 하지 않느냐며 따졌다. 그리고 경비실에 가서는 아파트 차량 스티커가 없는 차를 왜 관리하지 않느냐며 경비원에게 화를 냈다. 심지어 그녀는 영주의 험담을 하기도 했다. 마치 그녀는 세상에 존재하는 모든 부정적인 에너지를 끌어모으고, 그 에너지로 사람과 세상에 화를 내는 방식으로 하루를 간신히 버텨가는 사람처럼 보였다. 그녀의 모습에서는 낙관, 지성, 여유는 찾아볼 수가 없었다. 사실 그녀는 사소한 일을 크게 키우거나 트집을 잡는 성격이 아니었다.

무해는 자주 한곳을 오래 쳐다보았다. 한곳을 오래도록 쳐다보는 일은, 구도자의 시선과 동일한 위상을 가진다. 그녀는 마치 등에 십자가를 지고 있는 듯 굴어댔다. 삶의 긴장을 놓아버린 그녀의 얼굴은 십 년이나 더 늙어 보였다. 그녀는 세상 풍경 밖으

로 저만치 밀려나 자기만의 방으로 들어가버렸다. 그녀는 외출
도 거의 하지 않았다. 불과 백 미터 거리에 있는 마트를 가는 것
조차 그녀는 몹시 귀찮아했다. 그녀는 하루가 멀다 하고 만나던
영주도 만나지 않았다. 움직이는 것을 싫어해서 거실 바닥에 종
일 가구처럼 앉아 있거나 소파와 한 몸이 되어 잠만 잤다. 그녀
는 토스트 한 장과 커피로 아침을 먹거나 아니면 아예 식사를 건
너뛰기도 했다.

　병증은 미풍처럼 불어와 천천히 무해의 일상을 흔들어놓고
있었다. 이렇게 그녀의 일상을 흔드는 것들은 사실, 너무 놀라
울 정도로 사소한 것들이었다. 어쩌다 밥을 먹을 때면 그녀는 세
상에서 가장 맛없는 밥을 먹고 있는 듯한 표정을 지었다. 그녀가
차린 밥상은 예전보다 성의가 없었다. 오히려 그녀는 언제까지
이 지겨운 밥을 해대야 하는지 모르겠다며 한 번도 하지 않던 전
업주부의 신세한탄을 하기도 했다. 세상에서 한 끼 식사를 가장
소중히 여기고, 정성을 다하던 그녀였다. 모래가 힘들어하는 그
녀를 대신해 식사 준비를 하려고 하면, 그녀는 그것조차 맘에 안
들어서 난데없이 짜증을 내기도 했다. 모래는 그녀의 증상은 해
결할 수 없는 문제라는 것을 깨달았다. 그것은 아무리 애써도 소
용이 없다는 뜻이었고, 오랜 시간을 기다려야 한다는 뜻이기도
했다. 그러나 모래는 여전히 치매로 인한 그녀의 병증을 알아채
지 못했다.

　아무런 이유도 없이 사람의 습관과 성향이 변하면, 그것은 병
증일 가능성이 높았다. 가장 먼저 변한 것은 습관이었다. 습관이

변하면 성향도 달라진다. 습관은 성격을 만든다. 사람은 패턴을 통해 상대를 이해한다. 그래서 패턴이 무너진 사람들에게는 그 사람에 대해서 알아낼 수 있는 단서가 없다. 그저, 무너진 패턴은 병증일 수도 있다는 점을 빨리 알아차리는 것이 중요했다. 무해는 자주 자기주장을 앞세웠고, 고집도 세졌으며 청소년처럼 말끝마다 토를 달았다. 전과 달리 그녀의 말과 행동은 민첩하지 못했고, 건망증도 심해졌다. 그녀는 아침에 일어나면 가장 먼저 문을 열어 집 안 환기를 시키고, 하루에도 몇 번씩 로봇 청소기를 돌리고, 가정용 밀대로 거실 바닥을 닦고, 현관까지 꼼꼼하게 물걸레질을 했다. 하지만 집은 언제부터인가 지저분해지기 시작했다. 그녀는 사용한 물건들을 제자리에 갖다 놓지 않았고, 거실 바닥에 죽 늘어놓고 사용했다. 그녀는 늘어놓은 물건에 다른 사람은 손도 대지 못하게 했다. 그녀는 좋아하던 텔레비전 드라마에도 관심을 갖지 않았다. 오히려 그녀는 평소에 보지도 않던 종편 정치 시사 프로그램을 보면서 욕설과 분노를 쏟아냈다.

그뿐만이 아니었다. 무해는 옷을 자주 갈아입지 않았다. 냄새 나는 양말 하나로 한 달을 신기도 했다. 심지어 그녀는 잘 씻지도 않았다. 마치 그녀는 목욕이라는 것을 오래전에 잊은 사람처럼 보였다. 그녀는 헤어 염색을 하지 않아서 반백으로 호호힐미니가 되었고, 파마도, 커트도 하지 않아서 머리칼은 덥수룩했다. 그녀는 갈수록 노숙자처럼 변해갔다. 사람이 변하면 공간도 따라 변했다. 집은 더는 예전의 공간이 아니었다. 집은 비밀스런 공간이다. 그곳에서 인간들은 사람과 세상에 대해서 은밀한 상상들을 한다. 집이 변한다는 의미는, 더 이상 세상에 대해 내밀한 꿈을 꾸지 않는다는 의미였다. 나만의 내밀한 공간인 집이 이미 세상으로 변했기 때문이었다.

냉장고에는 시들어가는 과일과 곰팡이가 핀 토마토가 늘어갔다. 예전의 무해라면 감히 상상도 못할 일이었다. 농사를 직접 지어본 경험이 있는 그녀는 쌀 한 톨 버리는 것도 아까워했다. 그녀는 채소와 과일은 며칠 먹을 분량만 샀고, 이틀에 한 번은 장을 꼭 보았다. 그녀의 그런 부지런함과 알뜰한 성격 때문에 냉장고에서 썩어 나가는 음식이나 시들어가는 채소를 모래는 거의 본 적이 없었다. 냉장고에서 썩어가는 음식은 무해가 생존에 대한 욕구인 식욕마저 뺏긴 채 불안 속에 고립되었다는 것을 의미했다.

지성이 사라졌다는 것은 세상 그 어떤 것과도 대립할 수 있는 자신의 태도를 잃어버렸다는 의미이기도 했다. 자신이 무너지는 것을 방치하거나 욕설 속에 산다는 것은 세상과의 불화를 의미하는 것이 아니라, 세상에서 가장 질 나쁜 어떤 기운에 포획되었다는 뜻이었다. 그러니까, 무해는 욕망을 잃어버리기 시작한 것이다.

그즈음 모래는 무해와 대화하기가 점점 힘들어지고 있었다. 무해는 대화에 무관심한 것 같기도 하고, 아닌 것 같기도 했다. 그녀와 모래의 대화는 묘하게 어긋났다. 모래는 어느 지점에서 그녀와의 대화가 어긋난 것인지 생각해보았다. 딱히 어긋난 곳도 없었다. 그때마다 모래는 무엇에 홀린 것 같았다. 무해는 대화할 때 다른 세상에 가 있는 것처럼 보일 때도 있었다. 그녀의 눈은 아득해 보였다. 그런 눈빛은, 꼭 존재해야만 하는 무언가가 천천히 사라지는 것을 목격한 자만이 가질 수 있는 그런 눈빛이었다. 그러다가 그녀는 뜬금없이 먼 과거의 일을 불쑥 꺼내곤 했다. 그때마다 그녀는 환영을 본 듯한 표정을 지었다. 모래는 그녀의 그런 모습을 볼 때마다 짜증을 내곤 했다. 대화하기가 점점 어려워지자 그녀와 모래의 관계는 데면데면해지기 시작했다. 예전 그녀의 모습이 서서히 사라지고 있었다. 잘 되던 대화가 조금 어긋나기만 해도, 사람은 낯설어 보인다. 모래의 심장에는 너무 깊어서 바닥이 보이지 않을 정도의 깊은 구멍이 뻥 뚫려버렸고, 그곳으로 모녀간에 쌓은 모든 감정들이 조금씩 흘러나가고 있었다.

아무튼 모래는 무해에게 나타난 이 모든 증세는 단지, 남편을 잃은 상실감에서 비롯되었다고 판단했다. 그러면서도 때로는 아무리 그래도 그녀의 증세가 너무 심한 게 아닌가, 하는 의심이 들기도 했다. 하지만 그 의심은 치매를 알아차리는 것으로 이어지지는 않았다. 모래는 그녀의 증세가 시간이 흐르면 점차 좋아질 거라고 낙관했다. 낫지 않는 불치의 병이라고는 의심조차 하지 않았다. 모래는 상실감에 의힌 고통과 부재로 인한 결핍은 앞으로 집적되는 시간이 해결해줄 거라고 생각했다. 모래는 오래 기다리면 반드시 그녀가 예전의 모습으로 돌아올 거라고 믿었다. 모래는 그녀가 외부 활동을 하도록 유도했다. 모래는 장 볼 기회를 자주 만들어서 그녀와 함께 마트에 다녔고, 주말에는 동네 맛집을 찾아다녔다.

그렇게 얼마의 시간이 지나자, 무해는 예전의 일상으로 다시 돌아오는 듯했다. 물론 남편이 사망하기 전의 온전한 그녀 모습은 아니었다. 그녀는 식사 준비와 청소 같은 집안일을 성실히 하려고 노력했고, 영주와 매일 길고 긴 전화 통화를 했다. 하지만 더 나빠진 부분도 있었다. 그녀의 말투는 거칠어지고, 감정 기복도 더 심해졌다. 모래는 무해의 변화를 크게 느끼고 있었지만, 그녀는 자신이 변했다는 사실을 전혀 알지 못했다. 사실 아무리 둔한 사람이라도 이쯤 되면, 자신의 변화를 알 수밖에 없는 상황이었다.

모래는 무해가 큰 사고 없이 비교적 무난하게 인생을 살아왔다고 생각했기 때문에, 그녀가 가지고 있는 분노의 대상은 누구이며 불안의 요인은 무엇일까 궁금했다. 눈에 띄는 그녀의 다른 변화는 체력 저하였다. 남편의 묘소는 서울에서 차로 한 시간 달리면 갈 수 있는 거리에 있었다. 비교적 거리도 멀지 않은 편이었고, 묘소 앞까지 차가 올라갈 수 있었다. 묘소로 가는 길은 경사도 완만했고, 걷는 거리는 겨우 오십 미터 정도밖에 되지 않았다. 그런데 그녀의 심폐기능과 다리의 힘은 놀라울 정도로 약해져 있었다. 그녀는 묘소로 올라가는 그 짧은 거리도 숨을 몰아쉬며 쉬엄쉬엄 올라가야 했다. 묘소에서 집으로 돌아온 그녀는 곧바로 깊은 잠에 빠졌다. 그녀는 신생아처럼 오래, 오래 잠을 잤다. 그녀는 올해 단 한 번도 남편의 묘소를 가지 못했다.

모래는 치매 증세와 우울증 증세가 비슷하다는 사실을 전혀 알지 못했다. 무해가 동네에서 길을 잃고 난 후, 비로소 모래는 그녀의 증세가 심각하다는 사실을 깨달았다. 모래는 그녀와 함께 내원을 했고 의사로부터 '초로기 치매'라는 진단을 받았다. 물론 그녀가 병원을 가기까지는 쉽지 않았다. 환자가 병의 증세를 인식하는 것과 받아들이는 것은 전혀 다른 문제였다. 자식도 부모가 치매라는 사실을 받아들이기 어려운데 그녀 입장에서는 어쩌면 당연한 일이기도 했다. 뇌에 병변이 생기면 기억, 자아, 성격 등이 변하고 열악해지는데 그러한 변화를 객관적으로 환자 자신이 인식하기는 매우 어려웠다. 게다가 사람들은 치매를 노망이라 부르며 천형과도 같은 질병으로 여겨왔다. 치매는 단지 병일 뿐인데 왜 '어리석고, 또 어리석은'이라는 뜻의 부정적인 병명을 만들었는지, 모래는 모멸감을 느꼈다.

의사는 지금의 치매는 십오 년 전부터 시작된 것이라고 말했다. 그러면서 나이를 먹으면 생기는 건망증은 당연한 거라는 생각 때문에 환자들이 조기 치료 시기를 놓치게 된다고 안타까운 표정을 지으며 말했다. 환자는 뇌의 어느 부분에 텅 빈 구멍이 생긴 것처럼 기억이 사라지면서 견디기 어려운 불안증을 느끼게 된다고 의사는 강조하듯 말했다. 무해는 대상이 없는 분노를, 자신두 알 수 없는 불안감을 겪고 있었던 셈이었다. 우울증과 상실감 때문만이 아니라, 그녀는 병이 원인인 생체의 변화를 앓고 있었던 것이었다. 의사가 조기 치료 시기를 놓쳤다는 듯 말했을 때, 모래는 벌 받는 학생처럼 앉아 있었다. 잘 먹고, 잘 자고, 잘 배설하고, 규칙적으로 운동하고, 모든 것을 긍정적으로 생각하고, 꼬박꼬박 약 잘 챙겨 먹으라는 지극히 상식적인 의사의 말을 듣고, 모래는 그녀와 함께 집으로 돌아왔다. 모래는 오늘 하루가 먼 훗날 매어지고, 끊어지고, 쥐어지는 시간의 매듭이 될 것이라는 것을 알았다. 그리고 매듭지어진 시간에게 수시로 자신이 공격을 당할 거라는 것도 어렴풋이 깨달았다.

병은 이렇게 인간이 반박할 수 없게끔 인간의 육체를 빌려 증명하듯이 나타났다.

농마국수

의사는 초로기 치매는 병의 진행이 아주 빠르다고 무해에게 말했다. 그 말은 곧 기억이 빠르게 사라진다는 뜻이기도 했다. 초로기 치매는 병의 진행만 빠른 것이 아니었다. 생존 기간도 짧았다. 초로기 치매 진단을 받은 후, 환자의 생존 기간은 겨우 오 년에서 육 년 정도였다.

초로기 치매 환자의 생존 기간을 알게 되었을 때 무해는 마음속 저 깊은 곳, 너무 깊어서 그런 공간이 있는지도 알지 못했던 바로 그곳에서, 무언가를 뜨겁게 달구기 위한 전초전이 벌어지고 있다는 것을 느꼈다. 그리고 그곳에 찰칵, 하고 불꽃이 점화되었다.

드디어 진짜 인생이 시작되었구나.

인간은 단지, 이 시작점 하나를 얻기 위해 '전조' 같은 인생을 살았던 것 같았다.

압록강을 건널 때는 절반의 행운과 절반의 불운이 있었다.

사느냐, 죽느냐.

하지만 치매는 압록강을 건널 때와는 달리, 명료했다.

매일 기억을 잃어가며 서서히 죽어가는 병. 절반의 행운 같은 건 없고, 확실하게, 흔들림 없이 죽어가는 병. 그게 바로 치매였다. 죽을 날을 받아놓고 보니, 그제야 인생이 막 작동되었다. 그러나 아이러니하게도 남은 건 쓸쓸한 피날레뿐이었다.

기억을 잃어간다고 생각을 하자, 무해의 시간은 앞으로 흘러가지 못하고, 거꾸로 돌기 시작했다. 기억들은 끊어지고, 이어지고, 떠오르고, 가라앉고, 선명하고, 혼동되고, 희미하고…… 그러다가 이내 그녀의 마음을 텅 비게 만들었다. 단단하지 못한 허술한 기억들. 허술하지만 날이 서 있는 기억들. 이미 단단해진 기억들은 몸으로 투명하게 스며들어 기억의 표면으로 떠오르지 못했다. 허술해서 너무 가벼운 나머지 중력의 힘도 미치지 못하는 기억들은 기억의 표면으로 떠올랐다. 얼마만큼 자신이 닳고 닳아야 그 기억들을 깡그리 소비라도 할 수 있을까? 그런 기억들은 마치 거품을 내고 또 내도 부피가 변하지 않는 이상한 비누 같았다. 모든 인간은 자라서 노인이 된다지만, 가볍고 허술한 기억들은 세월이 흘러도 절대 늙지 않았다. 고통은 독립적이고, 그 자체로 완전무결했으며, 인간을 숙주로 삼아 영원불변했다. 오래전 그녀의 어머니는 고통스러운 기억을 바꿀 수 있는 유일한 방법은 천천히 다른 방식으로 쳐다보는 것뿐이며, 천천히 보는 것은 무엇이든 각별하게 만든다고 그녀에게 말해준 적이 있었다. 이제 그녀에게 있어 기억은 자기 자신이고, 시간이며, 사투의 대상이 되었다.

무해는 창밖을 쳐다보았다. 창문으로 들어오는 긴 칼 모양의 눈부신 햇빛이 그녀의 눈을 찔렀다. 햇빛을 타고 불어온 바람이 그녀의 앞이마에 모아놓은 머리카락을 모두 쓸어갔다. 그러다가 바람이 잔잔해지면 그녀의 머리카락은 강 위의 종이배처럼 들썩거렸다.

무엇을, 어떻게, 해야 할까? 무해는 이제 살아온 인생과 전혀 다른 인생 계획을 세워야 했다. 상상하지 않았던 삶. 기정사실화된 삶. 순식간에 모든 것이 정해져버렸다. 꿈꿀 수 있는 가능성은 사라졌다. 나를 지킬 수 있을까? 그녀는 어느 것 하나도 잃을 준비가 되어 있지 않았다. 시간이 얼마나 남아 있을까? 얼마 남았는지 알 수 있다면 세상일이 좀 더 쉬워지겠지. 인생이 그럴 리가 없잖아? 그녀는 헛웃음이 나왔다. 삶이 "당신은 내게 아무것도 기여한 바 없으니 행운은 기대조차 하지 말라"라고 말하는 것 같았다. 그 말은 곧 무릎을 꿇고, 체념하며 순응하라는 뜻이었다. 아직은 일러. 그녀는 허공을 노려보았다. '동그란 눈, 동그란 이마, 동그란 입술, 동그란 무릎, 시도 때도 없이 웃어대는 딸애를 떠날 수 있을까?'

알 수 없는 분노들이 불쑥불쑥 고개를 쳐들었다. 그 분노를 손으로 잡는 순간, 그것은 칼날이 되어 살점을 벨 것이다. 무해는 길게 한숨을 내쉬었다. 살아온 동안 얼마나 단단한 삶을 쌓으며 살아왔는지 이제 시험대에 오른 셈이었다. 그녀는 외동딸인 모래를 위해 무언가를 해야만 했다. 엄마마저 없으면 모래는 고아처럼 살아야 했다.

기록.

문득, 무해는 기록을 해야겠다고 결심한 뒤 노트를 꺼냈다. 그녀는 기록의 힘을 잘 알고 있었다. 국정원에서 처음 조사를 받았을 때, 조사원은 그녀에게 A4용지 백 장을 주며 태어나서 지금까지 겪었던 내용을 모두 쓰라고 말했다. 그녀는 어린 시절부터 탈북할 때까지의 일들을 전부 썼다. 처음에는 세 장을 채우기가 힘들었다. 쓸 말이 이렇게 없을 정도로 인생을 열심히 안 살았나, 하는 반성하는 마음이 들기도 했다. 그녀가 간신히 백 장을 채워 제출하자, 국정원 조사원은 A4용지 백 장을 주며 처음부터 다시 내용을 채우라고 말했다. 그녀는 재차 백 장을 채웠다. 그러기를 네 번씩이나 반복했다. 쓰면 쓸수록 이야기의 양은 점점 늘어갔다. 기억은 정확하지 않았고, 일부 내용은 쓸 때마다 내용이 달라졌다. 결국 그녀는 기억과 자기 자신까지 의심하게 되었다. 그녀도 자신의 기억이 의심스러운데 국정원 조사원이 그녀를 의심하는 건 어찌 보면 당연했다. 그녀는 간첩으로 오인받아서 국정원 조사 기간은 육 개월로 늘어났다. 대개 국정원 조사 기간은 일 개월에서 삼 개월 사이였다. 같이 조사를 받은 사람 중에서 그녀의 조사 기간이 가장 길었다.

그녀는 기록을 할 때 머릿속에 떠다니는 단편적인 기억들이 어느 한 지점으로 모이면서 점점 어떤 형태가 만들어지는 과정을 목격했다. 기록하지 않으면 기억들은 단지 의미와 형태가 없는 파편일 뿐이었다. 그 조각들은 말이 되지 못하고, 말이 되지 못한 것은 인식할 수 없으며, 인식하지 못한 것은 세상에 태어날 힘조차 갖지 못했다.

무엇부터 기록을 해야 할까?

무해는 기억을 완전히 잃어버리기 전에 모든 걸 기록해야 했다. 그녀가 처음 세웠던 계획 속에는 모래에게 들려줄 자기 고백 같은 건 없었다. 지금까지 모래에게 숨겨왔던 것들을 굳이 새삼스럽게 알릴 필요는 없었다. 어쩌면 고백 자체가 모래에게 상처와 짐이 될 수 있었다. 과거는 자기 자신의 일일 뿐, 모래의 인생과는 상관이 없었다. 그녀는 자신의 과거는 모래와는 별개의 문제이니 굳이 연결시키지 말자며 몇 번이고 애써 외면했다.

무해는 정리해야 하는 부분들을 일일이 노트에 적기 시작했다. 이래도 되나 싶을 정도로 정리할 내용이 없었다. 모래는 외동딸이었기 때문에 형제들끼리 재산을 가지고 법적 다툼을 벌일 상황이 없었다. 게다가 모래는 미성년자도 아니었다. 그래서 특별히 상속 절차 문제에 있어서도 신경 쓸 필요가 없었다. 물론 복잡하게 정리를 해야 할 정도로 많은 재산이 있는 것도 아니었지만…… 그러나 그녀는 기록을 하면서 곧 어떤 사실을 깨달았다.

누구에게도 말하고 싶지 않았던 어떤 기억들.

할 수밖에 없었던 거짓말들.

기록에 끼지 못한 어떤 사실들.

오히려 기록에 끼지 못한 '사실'에는 자기 자신이 원형 그대로 담겨 있었다. 모래에게 말하지 못하는 것들은 '누락'이라는 이름으로 무해를 자꾸 성가시게 만들었다.

얼마 전 무해는 영주에게 병원에서 진단받은 병명을 말해주었다. 초로기 치매라는 말을 듣고 놀란 영주는 오래도록 울었다. 영주는 쉽게 울음을 그칠 줄 몰랐다. 영주는 오히려 가족인 모래보다 더 많이 울었다.

"무해야, 우리 같이 사는 건 어떠니? 모래 혼자 감당하기 힘들 거고, 모래 시집가기 전까지 모래랑 나랑 둘이서 너를 돌보면 되잖아. 힘들면 간병인도 두고, 우리 같이 살자."

무해는 영주의 말을 듣고 눈물이 났다. 하지만 그녀는 희미한 미소를 지으며 머리를 가로저었다. 그렇게 할 수는 없었다.

"영주야, 네가 내 입장이라면 엄마 고향조차 잘못 알고 있는 딸애에게 네 과거를 고백할 수 있겠니?" 무해는 영주에게 물었다. 사실 그녀의 과거는 영주도 몰랐던 이야기들이었다. 겨우 얼마 전에야 그녀는 자신의 이야기들을 영주에게 털어놓았다. 그녀는 과거의 기억들까지 친구와 공유해야만 우정을 나누는 것이라고 생각하지 않았다. 그녀는 영주가 공감하지 못할 일들에 관해서는 말하고 싶지 않았다. 그녀가 살았던 과거는 영주가 듣도 보도 못한 세계였다. 오히려 영주가 자신에게 배려할 게 더 많아질까봐, 그녀는 과거 이야기들은 되도록 말하지 않았다. 상대에게 자신의 내밀한 이야기를 한다는 것은 단지, 자기 말이 하고 싶었을 뿐, 관계를 돈독하게 하는 것과는 별개였다. 하지만 지금은 사정이 달랐다. 그녀는 곧 자기 자신을 모두 잃게 될 것이고, 영주와 모래는 자신이 아닌 전혀 다른 세계에서 사는 다른 사람과 마주하게 될 것이다. 그녀는 두려웠다. 오십삼 년이 통째로 지워진다는 사실이. 아니, 지울 수 없는 단 한 사람이 있었다. 기억을 잃기 전에 고백해야 하는 한 사람이 있었다. 그녀는 마음이 초조했다.

영주는 무해의 고백을 듣고, 모래에게는 말하지 않는 게 좋을 것 같다고 조언했다. 영주는 이제 와서 모래에게 말을 한들 무슨 소용이고, 무슨 도움이 될 것이며 오히려 모래에게 상처만 될 뿐이라고 말했다. 세상에서 가장 행복했던 시절의 이야기만 해도 시간이 모자랄 거라고 영주는 덧붙여 말했다. 영주의 말에 그녀는 고개를 끄덕였다. 영주의 말이 옳았다. 그녀는 시간이 많지 않았다. 일 년도 못 가 모래의 얼굴을 기억하지 못할 수도 있었다.

무해는 영주의 말대로 맘을 다시 고쳐먹었다. 그녀는 살면서 모래를 낳고, 길렀을 때가 가장 행복했다. 모래에 대한 행복했던 순간들에 대해서는 얼마든지 언제까지나 말할 자신이 있었다. 식물처럼 숨만 쉬던 아기가 어느 날, 동물처럼 꼬물꼬물 기어 다니기 시작하던 모습이 아직도 그녀는 선명하게 기억났다. "옴마." 소리를 처음 하던 날, 그 말이 얼마나 견고했는지, 그리고 돔의 형태처럼 얼마나 부드러웠는지, 우산을 쓴 것처럼 얼마나 안정감이 들었던 말인지…… 모래에 대한 행복한 추억은 끝이 없었다.

하지만 아이러니하게도 무해가 행복한 순간들을 떠올릴 때면, 그 중심엔 늘 모래만 있었다. 그녀의 그림자는 팔다리가 잘

린 채, 늘 모래 그림자와 같은 모양, 같은 크기로 겹쳐 있었다. 알수 없는 감정들이 가슴속에서 복닥거렸다. 그리고 정체불명의 그 감정들은 그녀의 일상생활을 성가시게 만들었다.

말이 되기를 기다리고 있던 '기억'들이 있었다.

말이 되기를 기다리고 있는 '감정'들이 있었다.

어느 한 시절, 결핍되었던 감정들은 쌓이고 쌓여서 압도당할 만한 크기의 산처럼 고독하게 남아 있었다. 무해는 그 시절 맘껏 다 쓰지 못한 감정들이 결국 결핍의 형태로 남아서 자신의 생애에 어떤 영향을 끼치는지 모래에게 말해주고 싶었다. 사람의 마음이 자신도 느끼지 못하는 사이에 어떻게 균열이 생기고, 무너지며, 서서히 병들어가는지도.

늙어가는 인간은 누구나 시간을 거슬러 어린 시절과 그 시절에 어머니가 해준 음식을, 가장 많이 그리워한다. 그 이유는 아마도 어릴 때 먹었던 음식에 대한 기억은 소비되지 않고 새롭게 유전자에 새겨지기 때문일지도 모른다. 무해는 요즘 들어 어린 시절 어머니가 만들어준 농마국수가 자주 생각났다.

음식을 만드는 인간의 뒷모습은 고결하고, 악의가 없다. 음식은 인간을 실재하게 만들고, 언어를 만들 감각을 제공해준다. 음식에 대한 감각과 위안이 없었다면 언어의 탄생은 불가능했을지도 모른다. 왜냐하면, 음식에는 인간의 삶이 투영되어 있기 때문이다.

외장재 없이 콘크리트가 그대로 드러난 혜산 집 부뚜막에는 무쇠 솥단지가 걸려 있었다. 솥단지 안에서 하얀 김이 뿌옇게 올라오면, 어머니의 얼굴은 연기에 아른거리곤 했다. 좁은 부엌 안은 금세 장마철처럼 습해졌다. 습한 기운들이 목 언저리를 감쌀 때마다 간질거렸고, 몸은 습기로 옷을 해 입은 것처럼 따뜻해졌다. 그녀는 부뚜막 위에 쪼그리고 앉아서 국수를 뽑는 어머니를 바라보았다. 어머니는 재래식 제면기의 손잡이를 움켜잡고 열심히 펌프질을 했다. 제면기 주둥이에서 가느다란 국수가 춤을 추듯이 꼬불꼬불 나오기 시작했다. 쟁반에 쌓인 국수는 하얀 소금으로 쌓은 작은 산 같았다. 어머니는 양재기에 받아놓은 물에 국수가락을 헹구기 시작했다. 물속에 잠긴 면발을 건져 올릴 때 손가락에서 국수 한 올 한 올이 각자 따로 노는 듯한 느낌이 들면, 그것은 국수가 탱탱하게 잘 뽑아진 거라고 어머니는 말했다. 어머니는 물속에서 빨았던 국수 몇 가닥을 세 손가락으로 집어내 그녀의 입에 넣어주었다. 치아가 시원찮은 그녀는 농마국수를 질겅질겅 씹었다. 마치 그녀의 아버지가 중국에서 밀수로 가져온 껌을 씹듯이. 농마국수는 질겼다.

혜산에서는 대부분의 집이 제면기를 가지고 있었다. 농마국수는 감자 전분으로만 만들었다. 감자 전분인 녹말을 혜산에서는 '농마'라고 불렀다. 무해의 어머니는 제면기 손잡이에 수건을 둘둘 감아서 국수를 내리곤 했다. 국수 내리는 일이 얼마나 힘들었는지 그녀의 어머니는 제면기 손잡이에 몸의 무게를 실을 때마다 입으로 쓱쓱 소리를 냈다. 국수 내리는 일은 여자들이 하기에는 힘이 많이 들어서 아버지들이 종종 펌프질을 맡기도 했다.

아버지들은 농마국수 만드는 일에만 유일하게 권위를 슬쩍 내려놓기도 했다. 국수가 뜨거운 물속에 내려지면 어머니는 긴 젓가락으로 면을 휘휘 저었다. 농마국수를 혀의 감각으로 표현하지 않고 생명체에 비유한다면, 질긴 생명력이 특징이었다. 농마국수를 먹고 나면 가장 마지막으로 치아에 남는 감각도 질긴 느낌이었다. 쉽게 해지거나 끊어지지 않으려는 성질. 하나의 면으로 서로 끈덕지게 붙어 있으려는 강한 응집력과 지구력. 그것은 고통 속에서도 수단과 방법을 가리지 않고 어떡해서든지 살아보려는 혜산 사람들의 강한 생명력과 닮아 있었다. 어쩌면 삶에 가장 많이 개입하고, 삶의 질곡을 단적으로 나타낼 수 있는 것이 음식일지도 모른다. 농마국수는 그런 음식이었다.

농마국수는 혜산에서 결혼식을 올리는 날, 하객들에게 주로 대접하는 음식이기도 했다. 무해의 고향은 양강도 혜산이었다. 그녀의 고향 친구 용범이는 위로 열 살이나 차이 나는 누나가 한 명 있었다. 명희.

명희가 시집을 가던 날, 잔칫상에 농마국수가 올라왔다. 이른 새벽부터 무해의 어머니는 명희네 집으로 가서 농마국수 만드는 일을 도왔다. 보통 잔칫상에 올리는 국수로는 농마국수, 밀국수, 옥수수국수가 있었다. 농마국수를 준비한 잔칫집 주인은 하객들에게 대접 잘 받았다는 말을 들었다. 농마국수의 육수는 돼지고기 삶은 물을 사용했고, 고명으로는 얇은 돼지고기 한 점을 국수 위에 올려놓았다.

긴 새벽이 지나고, 푸르스름한 공기가 붉은 지붕을 얹은 목재소 건물을 감쌌다. 건물 벽에 붙어 있는 '인민을 위하여 복무함' 이라는 선전 구호가 점점 하얗게 밝아졌다. 마을은 순식간에 어둠을 털어내고 윤곽을 드러냈다. 명희는 10월의 어느 일요일 날, 기업소 운전사 아들과 결혼을 했다. 그 당시 혜산에서는 운전사만 한 직업도 없었다. 먹고살 걱정이 없는 직업이었다. 운전사는 따로 생기는 것도 많았다. 마을에서는 명희가 좋은 데로 시집을 간다는 소문이 퍼졌다.

아침 열 시쯤, 신랑과 친구들이 신붓집에 도착했고 신랑 친구들은 〈도시 처녀 시집와요〉라는 노래를 부르며 결혼식의 흥을 돋웠다. 넓고 긴 책상 두 개를 학교에서 빌려와 마당 한가운데에 이어 붙여놓고, 그 위에 흰 보자기를 펼쳐놓아 잔칫상을 만들었다. 잔칫상 한가운데에는 털을 몽땅 뽑은 두 마리의 닭이 서로 얼굴을 마주 보게 놓았다. 수탉의 부리에는 담배를 물려 놓았고, 암탉의 부리에는 빨간 고추를 끼워놓았다. 팥떡은 묘향산 보현사 구 층 석탑처럼 차곡차곡 쌓았고, 무를 얇게 저며서 하얀 색깔의 꽃을 만들었다. 왼쪽에는 빨간 사과를 사 층으로 쌓고, 오른쪽에는 배를 삼 층으로 쌓았다. 밀가루를 반죽해서 토끼와 물고기 모양의 밀가루 빵도 만들었다. 물고기 빵에는 물고기의 눈과 비늘을 그려 넣었고, 토끼 빵에는 토끼의 기다란 귀와 귀여운 앞니 두 개도 그려 넣었다.

신랑은 검은색 양복을 입고 왼쪽 가슴에 꽃을 달았으며, 신부는 분홍색 저고리에 빨간색 치마를 입었다. 신랑, 신부는 주례인 기업소 간부 앞에서 수령과 당에 대하여 평생 죽을 때까지 헌신적인 충성을 다할 것을 맹세했다. 무해는 한국의 잔치국수를 먹을 때마다 늘 혜산의 결혼식에서 먹었던 농마국수가 생각났다.

그날은 무해가 지루해할 정도로 낮이 길었다. 그녀는 기분 좋은 지루함을 즐기고 있었다. 중국 창바이에서 불어오는 바람이 나무 잎사귀를 어루만지고, 태양은 눈부시게 내리쬐었으며 강물은 은하수가 흐르듯 반짝였다. 용범이의 동그란 팔뚝이 새까맣게 타서 뱀처럼 허물이 벗겨지던 것을 그녀는 지금도 생생하게 기억했다. 풀숲에서는 모기와 쇠파리의 활발한 공격이 시작되고 삼복더위 중 두 번째 더위가 있었던 날, 용범이는 강둑에 앉아 자신은 돈을 벌기 위해 압록강을 건널 거라고 그녀에게 말했다. 그 시절엔 강을 건너는 일이 그다지 어렵지 않았다. 그녀는 너도 아버지처럼 밀수를 할 거냐고 용범이에게 물었다. 용범이는 대답 대신 강물 속으로 뛰어들었다.

무해는 수면 위에서 얼굴만 내밀고 헤엄을 치는 용범이를 강둑에 앉아 바라보고 있었다. 햇빛이 물결 따라 춤을 추고, 작은 부유물들이 함박눈처럼 내리는 물속 풍경을 용범이는 무척 좋아했다. 정오의 햇빛은 눈이 부셨다. 그녀는 어지러웠다. 모든 것이 햇빛에 하얗게 반사돼서 오히려 세상이 비현실적으로 보였다. 그녀는 눈을 천천히 감았다 떴다. 그러다 그녀는 잠시 용범이를 시야에서 놓쳤다. 그녀는 용범이를 시야에서 잠시 놓친 사이 어떤 생각에 몰두했다. 용범이네 아버지가 정치범 수용소로 끌려간 후, 용범이네 집은 보위부의 감시 대상이 되었다. 용범이는 작곡가가 꿈이었고, 시간이 날 때마다 오선지에 음표를 그려 넣었다. 보위원은 수시로 용범이네 집을 급습했다. 보위원은 악보에 코를 바짝 대고 킁킁거리며 냄새를 맡았다. 그들은 음표와 음표 사이를 모두 선으로 이어서 어떤 의미와 모양을 나타내는지 살펴보았고, 음표와 음표의 높낮이를 숫자로 표기해서 암호는 아닌지 들여다보기도 했다. 그것은 하나의 트집이었고, 신호였다. 그때마다 용범이네 어머니는 보위원들에게 뇌물을 바쳐야 했다.

"인간의 문명이 어떻게 전파되었는지 알아?"

"……?"

"바로, 밀수야. 난 밀수를 할 거야. 어찌 보면 밀수꾼은 혁명가야. 혁명과 밀수의 공통점은 언제나 비밀스럽게 시작한다는 거지."

용범이는 밀수를 해서 붙잡힌 아버지를 위해 밀수를 하겠다고 말했다.

무해가 고개를 돌려 용범이가 헤엄치던 자리를 다시 쳐다보았을 때, 용범이는 보이지 않았다. 용범이는 흔적도 없이 수면 위에서 사라졌다. 용범이는 강 위로 다시 올라오지 못했다. 죽은 것인지 아니면 압록강을 건너 중국으로 건너간 것인지 그녀는 알 수가 없었다. 그 시절 많은 사람들은 비슷한 방식으로 사라졌다. 사람들은 강 건너는 일을 비밀로 하다가 자기 죽음조차 영원히 비밀로 밀봉하고야 말았다. 그날 오후, 신발을 잃어버린 그녀는 뙤약볕에 달궈진 돌멩이들을 밟으며 발바닥이 녹아내리는 고통을 느끼면서 집으로 돌아왔다. 그 이후로 무해는 단 한 번도 용범이를 보지 못했다. 기승전결도 없는 이별이라 그녀는 실감 나지 않았다. 혜산에서는 용범이가 물에 빠져 죽었다는 소문이 돌았다. 물론 시신은 찾지 못했다. 어쩌면 소문이 맞을지도 모르 겠지만 그녀는 그 이야기들을 믿지 않았다. 하지만 용범이의 소식이 들려오지 않은 지 너무 오랜 세월이 흘렀다.

용범이를 생각하다가 문득 기억을 잃어버리는 일은 바로 이런 것이 아닐까, 하고 무해는 생각했다. 소중한 사람을 잃어버리는 일, 소중한 기억을 잃어버리는 일, 소중한 사람을 알아보지 못하는 일은 맥락이 모두 똑같았다.

무해는 언제라도 곧, 소중한 사람들을 잃어버릴 수도 있었다.

치매는 그런 병이었다.

무해에게는 시간이 없었다.

초조해진 무해의 머릿속에는 생각이 고이지 않았다. 낯선 누군가와 종일 마주 앉아 있었던 것처럼 피곤함이 몰려왔다. 그녀는 자리에서 일어났다. 그녀는 싱크대 앞에 배를 붙이고 창밖을 내다보았다. 맑고 투명한 햇살이 우거진 나무숲 위로 쏟아졌다. 쏟아진 빛은 다시 반사되어 주변으로 흩어졌고, 멀리 있는 나무들은 색이 바랜 듯 새하얗게 빛났다. 연한 녹색을 띠고 있는 가까운 나무숲 사이로 사람들의 발길로 다져진 좁은 등산로가 보였다. 한 사람의 머리가 보이는가 싶더니, 등산객들이 한 줄로 내려오기 시작했다. 이른 새벽부터 서둘러 산에 올라간 부지런한 등산객들이었다.

등산로는 무해가 남편과 함께 주말마다 다녔던 길이었다. 저 길 위에는 그녀가 남편과 함께 흘린 웃음과 말들이 있었다. 흙이 그 웃음과 말들을 덮었고, 시간이 흐른 후 다져졌다. 어디선가 바람이 불어와 덮인 흙을 다시 걷어냈다. 오래전 그곳에 묻힌 웃음과 말들이 새하얗게 드러났다.

건강하게 오래 살자며 남편과 함께 산을 오르고 내렸던 것인데…….

자연은 사람들에게 위로를 주는 것처럼 제스처를 취하지만 사실상, 자연의 본심은 인간의 나약함을 알게 하고, 모든 것을 내려놓게 만드는 것이었다. 어쩌면 자연은 사람들에게 위로가 아닌 복종을 부추기고 있는 것인지도 몰랐다.

무해는 노트에 농마국수 레시피를 적고, 찬장에서 그릇들을 하나씩 꺼냈다. 그녀는 점심으로 농마국수를 만들 참이었다. 그녀는 제면기에서 끊어낸 농마국수 한 사리를 95℃의 물에서 빠르게 익힌 다음 건져냈다. 건져낸 농마국수를 찬물 속에 담갔다. 그녀의 어머니가 말했던 것처럼 그녀는 물속에 잠긴 농마국수 사리 속으로 손을 집어넣고, 살살 흔들었다. 손가락 사이로 미끄러지는 면발의 탄력을 피부의 감각으로 가늠했다. 면발은 탱글탱글 가벼웠고, 손가락에서 구르듯 미끄러졌다. 그녀는 농마국수 사리를 물속에서 건져올린 다음, 다른 한 손으로 물기를 쭉 훑어내렸다. 물기가 어느 정도 빠진 국수 사리는 여학생 머리처럼 차분해졌다. 그녀는 국수 사리를 쟁반에 담았다. 소금, 고춧가루, 다진 파, 다진 마늘, 참깨, 사탕가루로 양념장을 만들었다.

무해는 국수 사리 위에 채 썬 오이, 달걀지단, 삶은 돼지고기를 고명으로 올려놓았다. 그런 다음 돼지고기, 파와 함께 삶은 육수를 따로 그릇에 담아 식탁 위에 올렸다.

무해는 탈북한 후, 단 한 번도 농마국수를 집에서 해 먹은 적이 없었다. 그녀는 농마국수를 기억하는 입맛까지도 기억에서 지우고 싶었다. 철저하게 음식 취향까지도 서울 사람이 되고 싶었다. 하지만 그녀는 나이를 먹을수록 혜산에서 먹었던 음식들이 그리워졌다. 음식이야 한국이 훨씬 풍족하지만, 그녀는 한국 음식들이 입에 잘 맞지 않았다. 처음으로 맛본 서울 음식들은 끔찍할 정도로 달았다. 하다못해 마시는 물조차 달게 느껴질 정도였다. 속이 울렁거려서 자주 고생했지만, 그녀는 누구에게도 내색하지 않았다. 그녀는 태어날 때부터 대한민국 국민인 것처럼 말하고 행동했다.

무해는 이사를 하면서 새로 사들인 하얀색의 2인용 식탁에서 오랜만에 모래와 마주 앉았다. 이사를 오기 전, 4인용 식탁은 버리고 왔다. 2인용 식탁이지만 의자는 모두 세 개였다. 두 개는 식탁 의자, 한 개는 사각형 모양의 스툴. 그녀는 빈 스툴에서 한 사람의 부재를 의식했다. 상실감은 묘비석에 남편의 생몰 연도를 새길 때, 바로 그곳에서 태어났다. 상실감은 수천 개의 조각으로 쪼개져 몸에 기운으로 떠돌다가 이렇게 부재를 인식하게 될 때면, 그녀의 살갗에 달라붙어 소름이 되었다. 그녀의 빈 어깨에 남편이 다정하게 손을 얹었다. 그리고 살아생전 남편의 목소리가 그녀의 귓속 저 깊은 곳에서 희미하게 들려왔다.

모래는 농마국수를 보자마자 "오랜만에 잔치국수를 먹어보네"라고 말했다. 무해는 잔치국수가 아니라 감자 전분으로 만든 농마국수라고 말했다. 모래는 농마국수를 먹다가 "그러고 보니 면발이 달라"라고 말했다. 모래는 농마국수 면발이 마치 어린 시절, 놀이할 때 친구들이 양 끝에서 팽팽하게 잡고 있었던 고무줄 같다고 말했다. 이렇게 무해는 가족과 식탁에서 마주 앉아 있을 때가 가장 행복했다. 식탁의 세계는 다른 일상의 세계보다 더 넓고 깊은 세계였다. 차려진 음식은 사랑을 결속하고, 정성을 들인 음식을 맛보는 일은 결속된 사랑을 확인하는 일종의 의식 같았다. 모래는 "강원도 음식이야?"라고 다시 물었다. 모래는 그녀의 고향을 강원도로 알고 있었다. 강원도의 대표작물이 감자이니 농마국수는 강원도 음식이라고 모래가 생각하는 게 당연했다. 그녀는 모래에게 농마국수는 북조선 음식이라고 말했다. 모래는 북조선 음식이라는 말에 별 감흥이 없어 보였다.

모래는 질기고 긴 농마국수를 잘라 먹기 위해 주방 걸이에서 가위를 가져왔다. 무해는 모래에게 "여기 사람들은 음식을 뭐든 가위로 잘라 먹더라?"라고 말했다. 그녀는 무심코 내뱉은 자신의 말에 다소 놀랐다. 모래는 의아스럽다는 듯이 "여기 사람들?"이라고 그녀에게 되물었다. "응. 남조선 사람들, 아니 한국 사람들, 북조선 사람들은 음식을 절대 가위로 잘라 먹지 않아." 무해는 모래에게 말했다. 그러면서 그녀는 북조선은 감자 요리가 한국보다 발달했는데 그 이유는 식량이 모자라 밥 대신 감자를 조선노동당에서 장려했기 때문이라고 말했다. 그녀는 감자로 만든 음식 이름들을 죽 나열했다. "언감자국수, 농마지짐, 언감자지짐, 막가리지짐, 막가리국수, 오그랑죽, 감자뜨더국, 감자강정."

모래는 "엉감자?" 하며 웃었다. 모래는 언감자를 엉감자로 잘못 알아듣고, 그 어감이 재미있었던 모양이었다. 무해는 백두산 감자는 첫서리를 맞고 9월에 캐기 때문에 '언감자'라 부르고, 양강도 감자는 크기가 갓난애 머리만 한데 벌방지대 감자와 달리 전분이 많아서 달다고 말했다. 그러면서 그녀는 북조선은 5월 단오 때부터 햇감자로 밥을 짓고, 보리쌀과 땅콩을 약간 섞어 감자밥을 만드는데 대단히 상긋한 맛을 내며 소화도 잘 된다고 말했다.

무해는 북조선에서는 어떤 음식 재료를 얼마나 배급받느냐가 곧 자신의 계급을 말해준다고 모래에게 말했다. 사실 한국도 마찬가지이고, 사람 사는 곳은 어디든지 음식 권력이 있기 마련이었다. 그녀에게는 음식은 합리적인 가격으로 마음껏 먹을 수 있어야 하며 무엇보다 음식 앞에 만인이 평등해야 한다는 생각이 있었다. 어찌 보면 그녀가 탈북을 한 이유는 자신이 음식 권력에서 밀려났기 때문이었다. 사실, 대기근이 닥쳤을 때 모든 사람들이 굶었던 것은 아니었다.

모래는 질긴 농마국수를 끊어 먹지 않고 길게 입에 물고, 호로록 소리를 내면서 먹었다. 북조선 사람들은 가위로 면을 잘라 먹지 않는다는 말에 질긴 농마국수를 끊지 않고 북조선 사람들처럼 먹는 모래가 무해의 눈에는 귀여워 보였다. 모래는 "역시 집

에서 엄마가 해주는 음식이 최고야"라고 말하면서 엄지를 치켜
세웠다. 모래는 그녀가 해준 음식은 어릴 때부터 뭐든 좋아하고
잘 먹었다. 무해는 농마국수를 먹는 모래의 얼굴을 찬찬히 들여
다보았다. 모래의 얼굴은 조금 마른 것 같기도 하고, 피곤해 보
이는 것 같기도 했다. 아마도 근래 자신의 일로 지쳐서 그럴 거
라고 그녀는 생각했다. 모래는 순식간에 농마국수 한 그릇을 비
워냈다.

"엄마는 북한 음식에 대해서 어쩌면 그렇게 잘 알아? 북한 사
람처럼?"

무해는 모래의 질문을 잠시 밀쳐놓았다. 그리고 식사가 끝나자
그녀는 길게 고민하지 않고 말했다. 농마국수는 엄마가 북조선에
서 즐겨 먹던 국수였다고 그녀는 모래에게 나지막이 말했다.

공산주의식 사랑

사건은 사람의 시선에 옮겨붙길 좋아하고, 그런 시선은 모든 곳에 편재되길 원한다. 치매 확진을 받은 이후, 모래의 시선이 닿는 곳은 늘 무해의 병증이었다.

무해는 예전보다 표정이 어두워졌고 복잡한 감정과 생각에 자주 빠지곤 했지만, 비교적 일상을 무리 없이 잘해나갔다. 의사가 말했던 것처럼 그녀는 꼬박꼬박 약을 잘 챙겨 먹었고, 식욕이 살아났고 다리 근력을 기르기 위해 아파트 계단을 일 층부터 십오 층까지 오르내리기도 했다. 예전처럼 그녀의 일상은 자연스럽게 흘러갔다. 그녀는 소홀했던 일상과 다시 유대감을 공고히 하기 위해 노력했고, 그 덕분에 그녀의 일상은 남편이 죽은 후 가장 의욕적으로 보였다. 하지만 모래는 의욕적인 그녀의 태도가 더 불안스러웠다.

오늘 아침, 무해는 혼자 마트에 다녀왔다. 그리고 사과와 참외를 사서 무사히 집으로 돌아왔다. 그때 모래는 늦잠을 자고 있었다. 모래는 부엌에서 나는 소리에 소스라치듯 놀라 잠에서 깼다. 이제 그녀가 부엌에 혼자 있으면 모래는 불안했다. 부엌은 무해에게 더는 안전한 장소가 아니었다. 모래가 부엌으로 나왔을 때, 그녀는 이미 깨끗이 씻어서 냉장고에 넣어놓은 과일을 다시 꺼내고 있었다. 그녀는 냉장고에서 꺼낸 과일을 또 씻었다. 과일을 씻고 있는 그녀의 얼굴은 예전처럼 평온해 보였다. 달라진 건 새로운 습관뿐이었다. 모래는 오래된 습관이 그 사람을 그 사람답게 만든다는 것을 알았다. '엄마는 저 과일을 몇 번째로 씻었을까?' 모래는 그녀의 가장 연약한 속살을 훔쳐본 것 같았다. 그 속살은 너무 얇고 발그레해서 마치 불에 데인 자국 같았다. 그런 그녀의 모습을 보고 있는 모래는, 저녁 무렵 자고 일어났을 때 주위에 아무도 없어서 너무 쓸쓸한 나머지 울었던 그런 마음이 들었다. 부엌뿐만 아니라 사실, 집 전체가 더는 안전한 공간이 아니었다. 모래는 과학수사대 요원처럼 집 안을 자주 둘러보는 습관이 생겼다. 화장실 조명이 환하게 켜져 있었다. 모래는 그녀에게 내색하지 않고 화장실 조명을 껐다.

오늘 정오에 영주와 만나서 점심을 같이하기로 한 약속을 무해는 까마득히 잊고 있었다. 영주의 문지를 받고서 모레는 그 사실을 알게 되었다. 영주는 그녀가 약속을 잊은 모양이니 아무 말 하지 말고 모른 척하라는 문자를 모래에게 보내왔다.

정오가 되었을 때도 무해는 여전히 영주와의 약속을 기억하지 못했다. 모래는 뜨거운 농마국수 두 그릇을 점심으로 내오

는 무해를 물끄러미 쳐다보았다. 농마국수는 그녀가 좋아할 만
한 음식이었다. 그녀가 만든 농마국수는 일반 사람들이 먹기에
는 밍밍하게 느껴질 정도로 담백한 맛이었다. 그녀는 평소에도
양념이 많이 들어간 음식을 좋아하지 않았다. 그녀는 조미료가
들어가지 않고, 싱겁다 싶을 정도의 음식을 좋아했다. 그런 음식
취향 때문에 그녀는 김장을 할 때도 양념을 많이 넣지 않았다.
양념을 많이 넣으면 김치가 쉽게 무르고, 시원하고 달큰한 배추
본연의 맛이 나지 않기 때문이었다. 예전에 그녀는 이북 사람들
이 심심하게 김치를 담가 먹는다고 말한 적이 있었다. 심심한 음
식을 먹어서 그런지 이북 사람들은 말투가 세 보여도 성향이 솔
직 담백한 편이라고 그녀는 말했다.

아직 무해의 요리솜씨에는 치매가 침범하지 않았다. 언젠가
치매는 무해의 미각을 침해하고, 모든 육체에 범람할 것이다.
'육체의 감각들이 모두 사라진 세계에서 엄마가 세상과 어떤 방
식으로 소통을 하게 되는 것일까?' 모래는 그녀가 치매 판정을
받은 이후부터는 더는 세상에 대해 호기심이 생기지 않았다.

모래의 눈에는 무해가 항상 음식을 통해 어떤 시간들을 경험
하는 사람처럼 보였다. 그녀가 고향이 혜산이라고 말했을 때, 비
로소 모래는 자신의 느낌을 이해했다. 그녀는 좋은 사람들과 좋
은 추억을 공유하고 싶을 때 늘 음식 이야기를 꺼냈다. 그녀는
음식 이야기를 할 때마다 마치 자신의 유년기를 사람들과 나눠
갖는 것 같았다. 그녀는 음식은 사람과 사람 사이의 심리적인 균
형을 유지해주기 때문에, 친해지고 싶은 사람이 있으면 같이 밥

을 먹으라고 모래에게 말해주곤 했다.

모래는 농마국수를 먹는 무해의 모습을 찬찬히 들여다보았다. 볼살이 더 빠진 것 같기도 하고, 입가의 주름이 더 도드라진 것 같기도 했다. 잠을 제대로 자지 못했는지 잠이 잔뜩 붙어 있는 것처럼 눈꺼풀은 부어 있었다. 그녀의 얼굴은 혈색이 없고, 노랬다. 모래의 눈에는 그녀가 부쩍 늙어 보였다. 그래도 아직은 그녀가 치매 환자로 보이지는 않았다. 그녀는 특별히 달라진 게 없었다.

아니다.

매번 음식을 먹다 자주 바닥에 떨어뜨리는 일, 툭하면 소화제를 찾는 일, 그리고 오늘 아침처럼 씻은 과일을 또 씻는 일, 영주의 약속을 끝내 기억하지 못하는 일. 소소한 일들이 좋지 않은 방향으로 점점 변해가고 있다는 것은 치매 병증의 증거였다. 모래는 매일 그녀의 뇌 속에서 많은 일이 진행되고 있다는 사실을 잘 알고 있었다. 그녀는 지금 평범한 일상을 지내고 있는 게 아니라 환자의 삶을 살아가고 있는 것이었다. 모래는 병의 표상처럼 서 있는 그녀 앞에서 자신이 어떤 방식으로 마주 서 있어야 하는지 난감했다. 시간이 흐르면 언젠가, 태어날 때부터 환자와 간병인의 상태로 살아온 것 같은 착각이 들끼뫼 모래는 두려웠다. 병은 사람을 쉽게 지긋지긋하게 만드니까.

무해가 탈북자라고 고백했을 때, 모래는 그다지 놀라지 않았다. 그도 그럴 것이 사 년 전 아빠가 돌아가신 일과 얼마 전 그녀가 초로기 치매 진단을 받은 일로 이미 세상에서 더는 놀랄 일이 모래에겐 없었다. 모래는 평소에도 탈북자들에 대한 편견은 갖고 있지 않았다. 요즘은 탈북자들에 대한 인식이 예전과 많이 달라졌다. 오히려 요즘 같은 남북 간의 화해 분위기 속에서는 북한에 대한 관심과 호감이 더 높아졌다. 한국에는 여전히 고향 땅을 밟지 못하는 실향민들이 많았고, 그녀도 단지 고향을 떠난 뒤 다시 돌아갈 수 없게 된 실향민 중 한 명일 뿐이었다. 그녀는 자신이 겪은 일들에 대해서 아직도 누군가의 설명이 필요했다. 하지만 이제는 질문의 기회조차 얻지 못한 채 그녀는 기억을 잃어가야만 했다.

모래는 자신이 이 세상에 태어나지 않았던 시절, 무해가 대한민국에서 어떻게 살았는지 궁금했다. 절대 녹록지 않았을 것이라고 모래는 생각했다. 초기 정착 시절 무해는 남편을 만났다. 체제가 서로 다른 곳에서 살던 사람들의 만남은 어떠했을까. 그녀는 체제가 인간의 말 속에서 태어났고, 분명 세상 어딘가에 존재하고 있지만 인간에게는 존재하지 않는다고 모래에게 말했다. 그녀는 인간에게는 오로지 아이를 낳고, 기르고, 편지를 쓰고, 요리를 하고, 꽃밭에 물을 주고, 졸업을 축하해주는 일상의 삶만 존재한다고 말했다. '아빠는 엄마가 이북 사람이라는 것을 알았을까?' 모래는 부모님이 북한에 대해서 말하는 것을 한 번도 들은 적이 없었다. 모래는 결혼을 하기 전 아빠 모습에 관해서 그녀에게 물었다. 그녀는 세상 모든 빛을 얼굴에 다 받은 사람처럼 환하게 웃었다.

무해는 도서관에서 자원봉사를 하다가 남편을 만났다. 그녀가 살고 있었던 지역의 구청에서는 '우리 문화재단'을 만들었다. 우리 문화재단에서는 '김영수 문학관'을 위탁 운영하고 있었다. 탈북자 담당 경찰관은 지역 구청에서 가끔 탈북자들에게 일자리를 제공해주기도 하니 지역 구청을 자주 찾아가보라고 그녀에게 말했다. 하지만 탈북자를 위한 일자리 공고는 나오지 않았다. 그러다가 우연히 그녀는 지역 구청 게시판에 올라와 있는 자원봉사 모집 공고를 보았다. 김영수 문학관 이 층에 있는 도서관 자원봉사였다. 그 당시 그녀는 로드숍에서 일하고 있었다. 사실 무해에게는 로드숍 일만으로도 일주일이 벅찼던 시절이었다. 그녀는 통장에 돈도 모이지 않고 아무런 희망도 없으며, 끝없이 자신이 소비되고 있다는 기분에 사로잡혀 있었다. 그녀는 문학관과 도서관이 그런 기분을 좀 바꿔주지 않을까, 내심 기대했다. 사실 그 시절 그녀는 자본주의 체제에 적응하지 못하고, 무기력증에 빠져 있었다.

김영수 문학관은 꽤 잘 지은 오 층짜리 건물이었다. 일 층에는 소설가 김영수 문학관이 있었고, 이 층은 작은 도서관이었다. 김영수 문학관과 도서관은 매주 화요일이 휴관이었고, 주말은 운영을 했다. 마침 무해는 일요일이 쉬는 날이었다. 남편은 김영수 문학관 일 층 안내데스크에서 안내하는 일을 맡았고, 그녀는 주말에 이 층 도서관에서 자료실 운영 일을 돕는 자원봉사 일을 맡았다. 동네 작은 도서관들은 사서가 아닌 일반 자원봉사자들에 의해서 운영되고 있었다. 일 년 내내 작은 도서관에서는 자원봉사자를 모집했다. 인력이 부족한 상황이었다. 무해가 도서관에서 했던 일은 주로 도서 배가였다. 그녀는 자원봉사를 하면서 도서 대출 가능 권수를 세 권에서 다섯 권으로 상향 조정하는 혜택을 받았고, 도서관 수첩도 받았다. 그렇게 그녀는 일주일에 한 번, 일요일 오후에 네 시간씩 도서 배가 자원봉사를 했다. 자원봉사를 할 때, 그녀는 유일하게 신분 차별을 받지 않았다. 서가와 서가 사이에 서 있으면 그녀 자신도 책처럼 도서관의 정물이 되었고, 일상에서 떨어진 먼 곳으로 가 있었다.

바람이 거세게 부는 날, 무해는 숲이 우거진 산속에 들어가본 적이 있었다. 숲속에 있으면 돔 안에 있는 것처럼 바람이 잔잔해지고, 고요하며, 안전하고, 보호받고 있는 것 같았다. 그녀는 도서관에 있으면 바람 부는 날 숲속에서 가졌던, 그런 기분이 들었다. 숲속과 도서관은 백화점이나 시장처럼 많은 사람들로 북적이지 않아서 그 풍경 속에서 오로지 자신이 주인공이 될 수 있었다. 적어도 그런 기분은 자신을 쓸모없는 인간으로 몰고 가지는 않았다. 도서 배가는 사람들을 상대하는 일도 아니었고, 말 못하는 책을 혼자서 서가에 꽂기만 하면 되는 일이었다. 말을 하지 않으니, 사람들은 그녀가 탈북자라는 사실을 알아채지 못했다. 그녀는 완벽하게 한국 말투를 구사한다고 생각했지만, 사람들은 북조선 사투리라는 것까지는 몰라도 어딘가 억양이 약간 이상하다고 말들을 하곤 했었다. 그녀는 사람들과 말을 할 때마다 두려웠고, 간단한 대답 이외에는 가능한 한 길게 말하지 않았다. 그녀가 초기 정착 시기에 가장 힘들어했던 것은 바로 언어였다.

한국과 북조선은 쓰는 말이 아주 많이 달랐다. 심지어 같은 단어지만 뜻이 반대되는 말도 있었다. 특히 한국은 외래어가 많았다. 외래어가 나올 때마다 그녀는 굉장한 스트레스를 받았고, 주눅부터 들었다. 그녀는 왜 그렇게 한국에서는 외래어를 많이 쓰는지 이해할 수 없었다.

무해는 곰탕을 곰의 고기인 줄 알고 놀랐던 일과 할머니 뼈해장국을 할머니의 뼈로 만든 음식인 줄 알고 얼굴이 새파랗게 질렸던 적이 있었다. 그리고 여성스럽다는 뜻을 가진 '간사하다'라는 북조선 말과 적당하다는 뜻을 가진 '쓸쓸하다'라는 북조선 말을 사용했다가 사람들로부터 오해받았던 일도 있었다. 웃을 일이 아니었는데 모래는 그녀의 이야기를 듣고 웃음이 나왔다. 새삼 모래는 남북한 언어에 대한 격차를 실감했다. 아무튼 무해가 음식보다 더 고생한 것이 언어였다. 그녀가 북조선의 억양을 완벽하게 고치기까지는 꽤 오랜 세월이 걸렸다.

무해는 자원봉사자라 임금은 받지 못했지만, 매번 간식을 받았고 책을 실컷 구경할 수가 있어서 이 일을 좋아했다. 서가를 돌면서 자신이 보고 싶은 책을 일일이 들춰보고 빌릴 수 있다는게 그녀에게는 굉장한 일이었다. 북조선에서는 열람 신청서에 빌리고 싶은 책을 적어서 제출하면, 사서가 보고 대출 가능한 책이면 빌려주는 식이었다. 북조선에서는 도서관에 어떤 책들이 있는지 도서관 이용자가 직접 서가를 돌아볼 수가 없었다. 북조선에서는 일반인들이 읽을 수 있는 책들은 제한적이었다. 책표지에 '대내에 한함'이라는 붉은 도장이 찍혀 있는 책들이 있었는데 그런 책들은 특별 분류된 책들이었다. 간부급이나 고위급에게만 제공되는 책은 따로 있었다. 북조선은 한국보다 도서관이 훨씬 많았고, 지폐에도 도서관을 새겨 넣을 정도로 도서관 정책을 중요시했다. 하지만 그녀는 사상통제 때문에 세계명작 같은 질 좋은 책들은 구경조차 할 수 없었다.

어렸을 때 무해는 자주 강둑에 앉아 있었다. 그녀가 태어나고 자랐던 혜산에서는 아이들이 놀 만한 곳은 강가밖에 없었다. 양강도 혜산은 압록강을 사이에 두고, 중국과 서로 마주 보는 국경연선에 있는 마을이었다. 저녁 무렵이면 그녀는 강둑에 앉아서 중국 창바이의 노란 불빛을 오래도록 바라보았다. 일몰 때의 노란 불빛은 밤이 되면 백색 불빛으로 변했다. 그 불빛은 오랜 세월 그녀의 심장을 뛰게 했다. 그녀는 압록강을 건너 창바이로 가게 되면 그 불빛을 가까이서 볼 수 있을 것으로 생각했다. 하지만 실제로 그녀가 창바이에 갔을 때는 그 불빛을 볼 수 없었다. 더 정확하게 말하자면, 창바이에서 직접 본 그 불빛은 그녀의 심장을 더는 뛰게 하지 않았다. 그녀가 나중에 깨달은 사실은 창바이의 불빛은 압록강을 건너면 사라지는 불빛이었다. 창바이의 불빛은 양강도 혜산 쪽에서 강 건너를 아련하게 바라보았을 때만 존재하는 빛이었다. 그 사실을 압록강을 건넜을 때 비로소 그녀는 알게 되었다. 창바이에도 그녀처럼 강 건너의 혜산을 그리움으로 바라보는 사람들이 있었다. 그들은 북조선을 그리워하지만 갈 수 없는 한국 사람들이었다. 강을 건너면 사라지는 신기루 같은 불빛은 북조선과 중국 접경지역에만 존재했다.

무해의 어머니는 늘 먹고사는 게 바로 '존엄'이라고 말하곤 했다. 하지만 자유와 먹을 것을 얻었다고 그것이 곧 인간적인 삶은 아니었다. 인간적인 삶은 무엇이고, 그것은 왜 인간의 의지대로 안 되는 것일까, 하고 그녀는 자주 생각에 잠겼다. 북조선과 한국의 두 체제 사이에서 정치, 경제적 혼란을 겪은 그녀는 삶에 대한 기대가 갈수록 점점 줄어들었다. 그녀는 인간이 보이지 않는 어떤 힘에 휘둘려서 살아가게 되는지 알고 싶었다. 그녀는 책을 읽기 시작했다. 어쩌면 그녀는 현실에서 도피하기 위해 책을 읽었는지도 모른다. 항상, 그녀의 등 뒤에는 사람을 압도하는 크기의 검은 그림자가 있었다. 그 검은 그림자는 늘 고압적인 표정을 짓고 있었고, 그녀를 늘 겁박했다. 그녀는 검은 그림자에게 잡아먹히지 않도록 책을 읽고 또 읽었다. 책을 읽다가 그녀의 시선이 책에서 빠져나오는 순간, 책 모서리에서 검은 그림자가 얼굴을 빠끔히 내밀기도 했다. 그녀는 책에서 눈을 떼지 않았다. 책 속에 빠져들수록 검은 그림자의 크기는 조금씩 줄어들었다. 영겁을 갖고 태어나는 이야기는 중력의 힘을 거스를 만큼 힘이 셌다. 이야기는 사람을 이곳에서 저곳으로 옮겨다놓았다. 이야기를 따라 그녀는 이 세상에서 다른 세상으로 옮겨다녔고, 그때마다 죽고 태어나기를 반복했다.

어느 날 무해는 정부에서 탈북자를 위한 교육원을 짓겠다는 언론 발표를 하자, 해당 지역주민들이 교육원 건립을 반대하는 이천오백 명의 탄원서를 구청장에게 제출했다는 뉴스를 보게 되었다. 사람들은 정부에서 지원해주는 탈북자를 위한 정착금에 대해서 비난을 쏟아냈다. 사람들이 탈북자들에게 잉여 인간, 무지렁이, 불가촉천민이라고 비난을 퍼부을 때마다 그녀는 온몸의 피가 모조리 빠져나가는 것 같았다. 그때마다 그녀의 몸과 마음은 건포도처럼 쭈글쭈글해져서 훌쩍 몇 년씩 늙었다. 통일이 되면 각종 세금이 오를 것이고, 독일이 통일세를 거의 삼십 년 가까이 내고 있는 것처럼 어쩌면 우리는 통일세를 백 년간 내게 될지도 모른다고 사람들은 말했다. 그녀는 통일비용 때문에 통일을 반대하는 사람들이 의외로 많다는 사실을 알고 놀라워했다.

무해는 취업을 할 때도 탈북자라는 사실을 밝히는 것보다 조선족이라고 속이는 게 취업에 더 유리하다는 것을 알게 되었다. 그녀는 처음에 이 사실을 받아들이기 힘들어했고, 이해하지도 못했다. 탈북자는 자국민인데도 불구하고, 조선족보다 대우가 못한 3등 국민이었다. 한국 사람들은 한국 땅에서 태어났다는 이유 하나만으로, 대한민국 시민권을 가진 탈북자를 우월 의식을 가진 채 바라보았고, 일부는 동정과 연민을 보내기도 했다. 하지만 동정을 보내는 그들조차도 탈북자들에게 친구가 되어주지는 않았다. 그녀는 그렇게 쓸모없는 인간, 천민 같은 대우를 받는 대상이 되자, 일에 미쳐 살았다. 잠시도 자신에게 쉴 틈을 주지 않았다.

그즈음 무해는 도서관에서 자원봉사를 하기 시작했던 것이다. 자원봉사에 대해 특별한 생각이 있어서가 아니라 뭐라도 하지 않으면 그녀는 자신의 모든 감정이 급류에 떠내려갈 것 같았다. 그러면서 그녀는 어떤 한 가지를 알게 되었다. 감정이 가장 밑바닥까지 내려갔을 때, 바닥을 치고 다시 올라오는 감정도 있었다. 아마도 그것은 살면서 여러 행운을 만났을 때, 자연스럽게 스며든 낙관이었을 것이다. 평소에 저장해둔 낙관의 감정은 절벽까지 갔을 때 요긴하게 쓰였다.

탈북자 중에는 한국까지 발을 들여놓지도 못하고, 죽거나 북송당하는 사람들도 많았다. 여전히 대한민국에 정착하는 탈북자는 극소수였다. 그런 상황을 생각해본다면, 무해는 분명 행운아였다. 그녀에게는 큰 행운을 얻으면서 가슴속에 스며든 감정이 있었고, 그 감정은 몸속 어딘가에 없는 듯 있는 듯 숨어 있다가 발화할 시점을 기다리고 있었을 것이다. 반복되는 낙관의 경험은 중요하다. 그 낙관의 경험은 사람을 행복에 유리한 인간으로 만들어주는 조건이 되었다.

무해는 남편의 첫인상을 치아가 가지런하고 넉살 좋은 사람이라고 기억했다. 한여름 장마철이 길었던 어느 날이었다. 도서관 입구의 투명한 문이 열리고, 호리호리하고 키가 훌쩍 큰 남자가 뛰어들어왔다. 남자의 팔뚝은 온통 물투성이였다. 오전에는 호우경보가 내려진 상황이었다. 밖에는 많은 비가 쏟아지고 있었다. 그녀는 문을 열고 안으로 뛰어들어오는 한 남자를 보고, 마치 폭우를 뚫고 자신을 향해 돌진해오는 것 같은 착각이 들었다. 그녀는 아무런 이유도 없이 부끄러워졌다. 베이지색 면바지에 검은색 폴로 티셔츠를 입은 남자는 그녀와 시선이 마주치자

고개를 약간 숙이며 "안녕하세요?"라고 그녀에게 인사를 했다. 남자는 마치 지인을 만난 듯이 하얀 치아를 드러내며 활짝 웃었다. 남자는 흐트러짐 없이 깔끔하면서도 반듯했다. 남자는 눈썹을 덮지 않는 길이의 앞머리를 한 손으로 여러 번 쓸어올렸다. 남자의 오래된 습관인 것 같았다.

한국 남자들의 말투는 부드럽다 못해 낯이 간지러울 정도였고, 그들은 누구에게나 친절했다. 그리고 무엇보다 그들은 피부가 하얗고 깨끗했으며 윤기가 반들반들 났다. 그 남자도 그랬다. 마치 땡볕 아래서 단 한 번도 땅을 일궈본 적 없이 살아온 사람처럼 하얬다. 무해는 남자가 안내데스크 의자에 앉는 것을 보고, 그가 도서관 직원임을 알았다. 강은석. 그녀는 안내데스크 앞을 가로질러 가면서 그의 시선을 등으로 느꼈다. 그는 아무 짓도 하지 않았는데 그녀는 그가 자신에게 연애를 걸어오고 있는 것처럼 느꼈다. 그날 그는 폭우 속에서 도서관 앞에 있는 배수로를 뚫고 오는 길이었다.

오래전, 모래는 결혼 전에 무해는 어떤 사람이었냐고 아버지인 은석에게 물었던 적이 있었다. 그때 그는 네 엄만 '되돌아오는 말'이 없었던 사람이었다고 모래에게 대답했다. 그가 "점심 식사하셨어요?"라고 그녀에게 말을 건네면 그녀는 "네"라고 대답만 할 뿐 상대방에게 안부를 되묻는 법이 없었다. 그녀는 사람들과 안부 인사를 주고받을 줄 모르는 사람이었다고 그는 회상했다. 그는 처음엔 그녀가 자신에게 관심이 없어서 그런 거라고 나름 판단했다. 하지만 얼마 안 가서 그는 그녀가 다른 사람들에게도 그런다는 사실을 알게 되었다. 그녀 같은 사람들은 사람에 대한 기대가 없고, 틀림없이 세상과 대립 중일 거라고 그는 생각했다. 그래서 그녀는 세상과 일정한 거리를 두고 싶어서 사람들에게 질문하지 않는 거라고, 그 세상에는 사람도 포함된 것이라고, 내가 싫어서 밀어내는 것이 아니라 단지, 세상을 밀어내는 것뿐이라고, 그는 그렇게 생각했다. 그는 그녀 같은 사람은 인내심을 가지고 오래 기다려야 된다는 것을 잘 알고 있었다. 사실 그는 그녀를 처음 보았을 때 귀 뒤로 가지런히 넘긴 흑색 단발머리, 머루포도알 같은 검은 눈동자, 중학생 같은 작은 키, 왜소한 몸, 동그란 이마에서 눈을 뗄 수가 없었다. 그는 특히 그녀의 동그란 이마를 너무 귀여워했다. 그는 그녀를 보면서 어쩌면 세상에 태어날 때 울지도 못한 아기였을지도 모른다는 생각이 들었다. 연약해 보이는 그녀의 외모와 사람을 어려워하는 태도, 다소 어두운 표정이 그에게 그런 생각이 들게 했다.

은석은 정규직 직원은 아니었고, 일 년 계약직 직원이었다. 무해를 만나기 몇 년 전, 그는 취업 대신 아르바이트를 하면서 소설을 쓰고 싶다고 가족들에게 말했다. 그는 어머니와 두 명의 누이들에게 미친놈, 정신 나간 놈이란 소리를 들었다. 가족들의 그런 반응에도 아랑곳하지 않고 그는 이 년 동안 창문에 암막커튼을 치고, 집에 틀어박혀 장편소설을 썼다. 시집 안 간 누이들은 언제까지 빈둥대며 엄마에게 용돈을 타다 쓸 거냐고 그를 타박했다. "빈둥대다니. 내가?" 소설 쓰는 일을 빈둥대는 일로 취급하는 것에 그는 화가 났다. 고독과 싸우며 밤낮없이 쉬지 않고 글을 쓰고, 독서하는 일은 남들 눈에는 그저 별로 하는 일 없이 게으름을 피우며 염치없이 놀기만 하는 한심한 일로 보였다. 그렇게 생각하는 사람들에게는 매달 꼬박꼬박 보상이 주어지지 않는 일은 가치가 없는 일이었다.

어느 날 은석은 침대에 누워 책을 읽다가 잠이 들었다. 그는 오래오래 잠을 잤다. 눈을 떠보니 주위는 어느새 어두컴컴했다. 밖에서 사라락, 사라락, 비가 내리는 소리가 들렸다. 빗소리는 점점 커졌다. 투둑, 투둑, 비가 창문을 두들기는 소리가 들렸다. 그는 낮잠을 오래 자고 일어나면 마치 쓸모없는 인간이 된 것처럼 죄책감이 들곤 했다. 하지만 그날은 그런 감정이 들 사이도 없이 생생한 꿈의 여운이 가시지 않아서 그는 흥분에 휩싸여 있었다. 그가 쓰고 있었던 소설 속의 두 주인공 남자가 갑자기 날강도로 돌변해서 집 현관에 우두커니 서 있는 꿈이었다. 두 남자는 묘한 표정을 짓고 있었다. 쓸쓸해 보이기도 하고, 화가 나 있는 것처럼 보이기도 했다. 그들은 말이 없었다. 그는 잠이 순식간에 달아났다. 그리고 곰곰이 생각했다. '두 주인공 남자에게 내가 충분히 말할 기회를 주지 않았나? 왜 저런 표정들을 짓고 있는 거지?' 그때 거실에서 꿈의 여운을 깨는 어머니의 목소리가 들려왔다.

"그러게, 내 말이…… 어쩌자고 저런 아들을 낳았는지 나도 모르겠어. 이젠 포기했어……."

그는 비 내리는 소리와 섞여 있는 어머니의 목소리를 열심히 따로 골라냈다.

"그러게, 내 말이……."

그러게,라는 말이 전제하고 있는 말들에 대해서, 은석은 곰곰이 상상했다. 그리고 그는 침대에서 벌떡 일어났다. 그는 신발장문을 열고, 가장 튼튼하고 좋아 보이는 우산을 하나 집어들고 집을 나섰다. 그의 첫 가출이었다.

그때 은석은 세상에서 내 힘으로 안 되는 것들에 대해서 글을 쓰고 싶었다. 그리고 무해는 다시 세상을 믿을 만한 이유를 되찾아야 했다. 두 사람은 각기 다른 사정으로 자원봉사와 도서관 안내데스크 일을 하게 되었지만, 결국 같은 지점에서 방황하고 있었던 셈이었다. 그 시절 두 사람은 세상을 벽처럼 느끼며, 벽 너머의 세계를 그리워하고 있었다. 삶은 몸의 신경선처럼 복잡하지만 어떻게 보면 인간은 단순하게 한 지점만 바라보고, 궁금해하는 것인지도 몰랐다. 아니면 그 복잡하고 수많은 문제들이 결국 하나의 문제로 수렴되는 것인지도 모른다. 아무튼 두 사람은 그 시절, 다른 건 몰라도 한 가지는 정확히 알고 있었다. 지금 마음이 겪고 있는 것들에 대해서 뭔가 알고 싶다면 반드시 오랜 시간을 천천히 공들여서 들여다봐야 한다는 것을.

일단 한 달 동안만 해보겠다고 시작한 자원봉사를 무해가 일년 동안 지속했던 것은 은석 때문이었다. 그렇다고 일 년 동안두 사람의 관계가 진전된 것은 아니었다. 그 시절 그녀는 남자를만나 연애를 할 처지가 아니었다. 대학교에 다니고 싶었지만, 벽은 너무 높았고 서울의 집값은 상상을 초월했으며, 그녀는 북조선의 촌티를 여전히 벗지 못하고 있었다. 그녀가 대한민국에서

할 수 있는 일은 오로지 값싼 노동밖에 없었다.

어느 일요일 늦은 오후, 무해가 도서관 문을 열고 밖으로 나왔을 때 밖은 생각보다 시원했다. 바람이 기분 좋게 불고 있었다. 불과 며칠 전까지만 해도 도서관 건물 안에 있다가 밖으로 나오면 열기가 훅, 하고 얼굴에 달라붙었었다. 비가 오고, 폭염이 있었던 8월이 끝나고, 9월로 접어들자마자 여름이 빠르게 끝나가고 있었다. 기상청에서는 9월의 늦더위는 없을 거라고 예보했다. 그녀는 여름이 되면 혜산을 생각했다. 혜산은 여름에도 해가 지면 추웠다. 한국처럼 덥지 않았다. 폭염이 오면 그녀는 기운이 쪽 빠졌다. 어릴 적 그녀는 어머니를 따라 기차를 타고 길주에 간 적이 있었다. 8월이었다. 북조선의 기차 안은 더럽고 악취가 심했다. 북조선 말로 '남자는 뒤돌아서면 싸고, 여자는 앉으면 싼다'라는 말이 있었다. 사람들은 인산인해를 이루는 기차 안에서 화장실을 제대로 가지 못해 볼일을 기차 안에서 보기도 했다. 그래서 나온 말이었다. 그녀는 악취와 더위를 이기지 못해 며칠 동안 아무것도 먹지 못하고, 긴 잠에 빠졌다. 온몸의 힘이 빠지고, 머리카락과 옷은 땀으로 흠뻑 젖었다. 게다가 그녀는 차만 타면 멀미를 해서 맥을 못 추었다. 한여름 폭염으로 지칠 때면 그녀는 8월에 기차를 타고 길주를 다녀온 기억이 떠올랐다.

무해와 은석의 집은 한동네였다. 그 동네가 가장 집값이 쌌다. 도서관 업무가 끝나면 두 사람은 도서관 정문 앞 횡단보도에서 나란히 파란 신호를 기다렸고, 길 건너 버스 정류장에서는 15번 마을버스를 함께 기다렸다. 그녀는 그와 귀갓길을 함께 하는 일이 불편했다. 한동안 그녀는 그를 피해 다녔다. 그녀는 버스를 타지 않고 집까지 걸어서 갔다. 걸어서 집까지는 사십 분이 걸렸다. 어느 날 그는 버스를 타지 않고, 걸어서 귀가하는 그녀 옆에 들러붙었다. 그는 그녀에게 나이와 고향을 물었다. 그녀는 비밀이라고 대답했다. 그러자 그는 "비밀은 나쁜 거예요"라고 말했다. 그녀가 "왜요?"라고 그에게 되묻자 그는 "비밀은 혼자만 아는 거니까"라고 대답했다. 그러면서 그는 마구 웃었다. "그거 알아요? 무해 씨가 처음으로 저에게 되물었다는 거요?" 그녀는 남조선이나 북조선이나 남자들은 똑같이 유치하다는 생각이 들었다. 하지만 말은 유치해 보여도 그가 유치해 보이지는 않았다. 예전보다 그녀는 그와 조금 친해졌다. 하지만 여전히 한국 사람인 그는 그녀에게 어려운 사람이었다. 그녀는 집에 가까이 오면 인사도 없이 뒤도 한 번 돌아보지 않고 휘릭, 하고 골목길 안으로 사라지는 장풍 같은 여자였다. 빨리 혼자가 되어야 안전함을 느끼고, 세상을 안전하거나 안전하지 않거나 하는 구도에 붙잡혀 있는 그런 여자를, 그는 견뎠다.

무해는 그 시절 흘러갔던 저녁 무렵의 일상들을 생생하게 기억했다. 하천을 따라 돌고 돌아가던 15번 버스. 하천을 따라 무성하게 자란 풀. 비릿하게 나는 하천의 냄새. 하천을 벗어나면 바람 끝에 묻어나던 풀냄새. 주말, 짜장면을 배달하러 가기 위해 묘기를 하듯 아슬아슬하게 버스 앞을 가로지르던 오토바이를 탄 중국집 배달부. 그가 몰았던 사나운 오토바이 기계음. "콩사탕이 싫어요"라고 말해서 총에 맞아 죽었다는 공산당 유머시리

즈를 그가 말했다가 서로 오해가 생겨 싸웠던 일. 일주일 중 도로가 가장 한적한 일요일, 도로를 쌩쌩 달렸던 버스. 그때 덜컹덜컹 느껴지던 버스 뒷좌석의 진동이 여전히 그녀의 엉덩이에 환상통의 감각으로 남아 있었다. 가끔 15번 마을버스에서 느꼈던 약간의 멀미까지도…… 그녀는 그 시절을 생각하면 낡고, 원시적인 느낌이 들었다. 그녀는 그래도 그 시절이 그립고 좋았다. 하지만 그녀는 이쪽에서 저쪽의 강 건너편을 바라보듯, 세월을 건너 지금 이곳에서 그 시절을 바라봤기 때문에 그리움처럼 느껴진다는 사실을 잘 알고 있었다. 혜산에서 바라본 신기루 같은 창바이의 불빛처럼. 사실 그 시절 그녀는 행복하지 않았다.

김영수 문학관 옥상에는 탁구대가 있었다. 지역 주민들을 위해서 만들어놓은 휴게공간이었다. 홍보 부족 탓인지 탁구를 치러 오는 주민들은 없었다. 항상 탁구를 치는 사람들은 문학관 직원들과 도서관 자원봉사자들이었다. 은석은 문학관 주임과 종종 탁구를 쳤는데 탁구를 아주 잘 쳤다. 그는 탁구를 잘 친다는 무해의 칭찬에 군대 가면 가장 많이 하는 운동이 축구와 탁구라고 웃으면서 말했다. 하지만 그녀가 보기에는 확실히 그가 주임보다 탁구를 월등하게 잘 쳤다. 나중에 안 사실이지만 그는 탁구만 잘하는 게 아니라 배드민턴도 잘 쳐서 초등학교 때 체육 선생님으로부터 배드민턴 선수 권유까지 받았었다. 어느 날 그는 그녀에게 탁구 좀 칠 줄 아느냐고 물었다. 그녀는 탁구를 태어나서 한 번도 쳐본 적이 없었다. 아니, 탁구를 처음 보았다. 그녀는 그의 말에 '탁구를 쳐봐도 될까?' 하고 탁구에 대한 호기심이 생겼다.

그렇게 무해는 얼떨결에 은석에게서 탁구를 배우기 시작했다. 탁구는 생각보다 타구 하는 것 자체가 어려웠다. 그는 그녀가 공을 타구 하게끔, 쉽게 공을 서브해주었다. 그녀는 타구를 한다기보다는 헛스윙하지 않고, 라켓을 공에 갖다대고 밀어내는 식으로 탁구를 쳤다. 공은 기운 없는 노인처럼 느리고, 무겁게 네트 사이를 오갔다. 그는 탁구를 치기 전, 그녀에게 자세 교정만 십여 분을 가르쳤다. 그는 라켓 잡는 법도 자세히 가르쳐주었다. 그는 자세가 완벽하면 탁구공 소리는 매우 가볍고, 통통 튀는 해맑은 소리가 난다고 말했다. 그녀의 자세가 점점 잡혀나가자, 하루하루 갈수록 탁구공 소리는 그가 말한 대로 고음의 맑은 소리로 바뀌었다.

은석은 탁구는 반사신경을 요구하는 고도의 스포츠인데 꽤 운동신경이 좋은 것 같다고 그녀에게 말했다. 그녀는 그의 말에 고개를 갸우뚱거렸다. 그녀는 학창 시절에 운동을 못하지는 않았지만 그렇다고 잘한다는 말을 들어본 적도 없었다. 북조선에서는 대학에 가려면 체력시험을 치러야 했다. 체력시험에 통과해야 대학을 갈 수 있었다. 그녀는 매일 새벽마다 수류탄 던지기, 창던지기, 높이뛰기, 팔백 미터 달리기 연습을 했었다. 그때 연습했던 운동이 도움이 되지 않았나, 하고 그녀는 생각했다.

탁구를 이십 분간 치고 나면, 무해의 체력은 바닥으로 떨어졌다. 그녀는 체력을 기르기 위해 버스를 타지 않고 늘 걸어다녔고, 도서관에서도 엘리베이터를 타지 않고 계단을 이용했다. 집에서는 물을 넣은 페트병을 들고 팔운동을 열심히 했다. 도서 배가를 할 때면, 그녀는 서가에 서서 탁구 교본을 들여다봤다. 그녀는 힘 조절을 조금만 달리해도 공이 튀는 궤도가 확 달라지는 탁구가 매우 재미있었다. 탁구공은 워낙 무게가 가벼워서 실내 냉난방 바람의 세기나 방향에도 영향을 받았다. 그녀는 탁구공의 그런 예민함이 좋았다. 진중해 보였다.

삼 개월 동안 무해는 은석과의 탁구대결에서 단 한 번도 이겨보지 못했다. 그렇다고 그가 탁구를 살살 치거나 일부러 져주는 일은 결코 없었다. 어느 날, 주임이 두 사람의 탁구 치는 모습을 보더니 "얼마 안 있으면 무해가 따라잡겠는데"라고 말했다. 그때 그는 "그래도 내가 몇 년을 탁구를 쳐왔는데…… 탁구 천재 아니고서야 삼 개월 만에 나를 따라잡는 건 불가능하지"라고 자신 있게 말했다. 그녀는 몰래 시간당 돈을 받고 가르쳐주는 유료 탁구 교실을 다녔다. 그의 생각과는 달리 그녀는 오 개월이 지나자 그와의 탁구대결에서 첫 승리를 거머쥐었다. 그날 밤 그녀는 잠을 이루지 못했다. 오랜만에 느껴보는 쾌감이었다.

무해는 첫 승리를 하고 난 다음부터 집중력이 꽤 좋아졌다. 그녀는 탁구 시합에 들어갈 때는 주위의 소음도 귀에 들리지 않았다. 세상에 오로지 그녀 자신과 그녀가 넘어야 할 벽인 상대의 탁구공만 있었다.

무해는 첫 승리를 이룬 다음에도 계속해서 승리를 이어나갔다. 허어— 은석은 한숨을 내쉬며 벌어진 입을 바로 닫지 못했다. 승리의 쾌감을 얻기 위해서 뇌는 반복적으로 자신의 몸을 통제했다. 그녀는 반복훈련을 통해 제 몸이 그렇게 될 수밖에 없게 끔, 꾸준히 연습해 나갔다. 그 시절 그녀는 탁구에 완전히 미쳐 있었다. 낮에 일을 할 때도 잠을 자려고 잠자리에 누워 있을 때도 그녀의 눈앞에 탁구공이 아른아른거렸다. 분명, 그가 아니라 탁구공이었다. 탁구를 생각하다 언제 잠들었는지도 모르게 그녀는 깊은 잠에 빠져들었다. 아무튼 그녀는 탁구에 미쳐서 승부욕에 불타올랐고, 그는 그런 그녀를 보면서 매우 즐거워했다. 탁구 세계에 들어서게 된 그 시절에는, 세상에서 자신이 할 수 있는 일이 있을 것 같았고, 그것이 결코 불가능하지 않을 거라는 그런 느낌이 있었다. 그런 기분만으로도 그녀에게는 충분했던 시절이었다.

무해가 은석과 결혼하게 된 이유는 20세기 말이었던 그 시절의 공허감과 탁구 시합에서 얻은 쾌감 때문이었을까? 두 감정이 묘하게 뒤섞여 결혼 운을 불러왔다고 그녀는 말하곤 했다. 그녀는 결혼해서 좋은 건 딱 하나라고 말했다. 아내, 엄마, 기혼녀,라는 이름으로 안전하게 보호받을 수 있다는 것. 그 이름들은 세상에서 가장 안전한 이름들이었다. 안전한 이름들을 얻기 위해서 그녀는 여자 김무해와 이별을 해야만 했다. 그것이 한국이라는 세계 속에 자신을 부드럽고 자연스럽게 끼워넣는 유일한 방법이었다.

무해는 은석을 처음 보았을 때, 어떤 신비스런 생명현상을 보는 듯한 기분이 들었다. 내내 찾고 있었던 나무를 발견한 느낌. 모든 것들이 자연으로 회귀해가는 듯한 이상한 기운. 새삼스럽게 느껴지는 풍경의 위대함. 한눈에 반한다는 것은, 좀처럼 일어나지 않는 어떤 구체적인 기분 같은 거라고 그녀는 모래에게 종종 말하곤 했다.

하지만 결혼을 하고 난 후, 무해는 좀 달라졌다.

무해는 은석에게 한눈에 반했으면서도 늘 "네 아빠는 내 타입이 아니었어"라고 모래에게 말했다. 그러면서도 그녀는 그 이유를 말하지 않았고, 늘 애매한 태도에 머물러 있었다. 그녀는 그와 공유되지 않는 부분이 있다고 생각했고, 그 부분이 생각보다 크다고 판단했으며, 그래서 충분히 이해받고 있다는 기분이 들지 않았다. 사실 이것은 그녀가 말하는 유형의 문제가 아니었다. 속씨식물의 밑씨처럼 씨방에 싸여 있는 그녀의 은밀한 감정은 어느 누구도 관찰할 수 있는 영역이 아니었다.

한국 사람과 북조선 사람과의 만남. 무해에게 은석과의 결혼 생활을 묻는다면, 아니 두 사람이 섞이지 못하는 영역이 어떤 것이냐고 묻는다면 그녀는 체제에 관한 얘기를 먼저 하지 않을까, 하고 모래는 생각했다. 하지만 모래의 예상은 빗나갔다. 그녀는 그와의 관계를 이렇게 말했다. '굶주려 본 자'와 '굶주려 보지 않은 자'와의 만남이라고. 그리고 그것은 결코 서로 이해되거나, 섞여질 수 없는 영역이라고. 굶주림은 굶주림이 끝났을 때와 그 이후, 개인의 역사와 세계를 결정한다고 그녀는 말했다. 그녀에게 있어 굶주림은 여전히 진행 중이었다. 그녀가 굶주림에 대해서 기억하지 않을 때도, 그녀의 몸속 장기들은 오래전 그 기억들을 잊지 않았다.

굶주림에 대하여

사람들은 백 년 만의 폭우라고 말했다.

도시는 물속에 잠겼다. 도시와 도시 사이의 모든 경계는 지워졌다. 사람들은 경계가 없으면 공간을 인식하지 못하고, 그런 그들에게는 더는 시간이 흐르지 않는다. 대홍수는 시간을 멈추게 했고, 사람들의 오랜 습관도 지워버렸으며, 사람들의 취향과 개성으로 세운 도시의 모든 것들을 무너뜨렸다. 도시의 풍경과 일상은 낯선 곳으로 변했다. 일상의 상투성은 어찌 보면 인간의 불안을 완화시키는 완충재 역할을 했을지도 모른다. 상투성을 벗어난 일상은 판타지 같았고, 사람들은 공포에 휩싸였다.

압도적인 우위에서 인간을 내려다볼 수 있는 것은 신이 아니라 재앙이었다. 재앙이 인간의 삶에 개입할 때는 언제나 우연을 가장한 채 들이닥쳤다. 악의를 품은 하늘, 분노로 출렁거리는 땅, 적대감으로 팽팽해진 공기, 응징하는 비, 세차게 내리는 빗소리는 광분하는 군중들의 목소리처럼 들렸다. 이 모든 것들은 분명 고통을 수집하는 애호가의 짓임이 틀림없었다.

사람의 손길이 닿지 않은 집들은 금세 폐허가 되었고, 먹을 것을 찾아 동네를 떠돌던 개들은 굶주린 늑대가 되어 사나워졌으며, 강에는 물고기가 모두 사라졌고, 산에는 산짐승의 그림자조차 볼 수 없게 되었다. 재앙이 닥쳤을 때 가장 빨리 사라지는 사람들은, 언제나 인간의 고상함을 지키는 사람들이었다.

그 이후로도 비는 오랫동안 내렸다.

인간과 물체가 가장 무서워하는 습기의 공격이 시작되었다. 사람들은 천식으로 기침과 호흡곤란을 겪었고, 팔과 다리는 마치 포식자에게 물린 흔적처럼 붉은 발진으로 뒤덮였다. 벽과 천장에는 검은빛을 띤 곰팡이들이 점점 번져갔고, 물체들은 악취를 내뿜었다. 인간의 세계가 무너지자, 자연의 세계가 번성하기 시작했다. 대기근과 백 년 만의 홍수는, 순식간에 도시를 문명 이전의 원시적인 세계로 되돌려놓았다.

신이 사라진 세상에서 사람들은 말을 찾아 헤맸다. 그 말은 미래에 다시 만들어질 성경 속의 단어가 될지도 몰랐다. 사람들은 함부로 길바닥에 버렸던 말들을 다시 주워 담았다. 사람들은 진부하고, 상투적이며, 너덜너덜 더러워진 말들에 등을 기대고, 볼에 비벼도 보고, 손바닥으로 온기를 쬐어보고, 철봉처럼 매달려

보고, 심장에 맞대고 꿈처럼 품어보기도 했다. 그러다가 급류에 다리가 끊어지고 사람들이 떠내려가자, 두 손안에 잡혀 있었던 말들은 환영 속의 말(馬)처럼 달아나버렸다. 말을 잃어버린 사람들은 재난의 풍경 속에 함부로 방치되었고, 말이 사라진 도시는 시간 속에 갇혀버려 은밀한 곳이 되었다.

무해는 잠에서 깨어났을 때, 비가 멈추었다고 생각했다. 꿈속에서도 계속 비가 내렸고, 꿈의 여운이 아직 가시지 않았기 때문에 오히려 현실의 빗소리는 그녀에게 들리지 않았다. 벽지에 지도를 그린 검푸른 곰팡이가 그녀의 눈에 들어오자, 그제야 현실 속에서 세차게 내리는 빗소리가 그녀의 귀에 들려왔다. 얼마나 오랫동안 비가 내렸을까? 그녀의 몸은 빠르게 지쳐갔다. 그녀는 말기 암 환자처럼 긴 잠에 자주 빠졌다.

재앙으로 인해 인간의 신념은 무릎을 꿇듯 꺾였고, 그나마 손상되지 않고 남아 있는 것은 오로지 존엄성을 지키려는 인간의 마지막 염치였다. 하지만 사람들은 그 마지막 남은 염치도 오래가지 못할 거라는 것을 알았다. 무해는 밖의 소식들이 궁금했다. 그녀는 세상의 소식을 듣지 못한 지 오래되었다.

밖에서 바람이 거세게 부는지 창문은 우—하고 짐승처럼 울었다. 한밤중 보위부의 체포조가 들이닥친 것처럼 투둑—하고 비가 창문을 때리기 시작했다. 세상은 온통 뿌옇고, 물소리로 가득했다. '혹시 대피령을 듣지 못해 혼자만 마을에 고립된 것은 아닐까?' 어쩌면 마을에 남은 사람은 무해 혼자뿐일지도 몰랐다. 그때 어디선가 들릴 듯 말 듯한 작은 소리가 들렸다. 빗소리에 묻혀 잘 들리지는 않았지만 어쩌면 쥐가 내는 소리일지도 몰랐다. 홍수로 인해 서식처가 물에 잠긴 쥐들이 떼를 지어 집을 습격할 수도 있었다. 실제로 그녀는 수십억 마리의 쥐 떼들이 중국의 마을을 덮쳤다는 보도를 로동신문에서 본 적이 있었다. 그녀는 사람들이 내는 소리가 사무치도록 그리워졌다. 쉬지 않고 내리는 빗소리에 귀는 누가 진흙으로 막아놓은 것처럼 먹먹했다. 그녀는 지긋지긋한 저 빗소리만 들리지 않아도 숨통이 트일 것만 같았다. 그녀는 아—하고 소리를 냈다. 소리는 되돌아오지 못하고 공허하게 빗소리에 묻혀버렸다.

무해는 근육통에 이리저리 몸을 비틀었다. 노인처럼 온몸의 뼈마디가 욱신거렸다. 팔꿈치나 골반, 엉덩이뼈를 감싸는 지방이나 근육들이 서서히 빠져나가고 있었다. 그녀는 온종일 근육통을 앓았고, 그것은 마치 지독한 감기 몸살을 앓는 것과 비슷했다. 똑바로 누워서 자는 것도 힘들었고, 옆으로 누워서 자는 것도 힘들었다. 어떻게 누워도 몸이 불편했다. 인간의 몸에 붙어 있는 근육과 지방이 얼마나 중요한지 그녀는 새삼 깨달았다. 거울 속에 비친 그녀의 얼굴은 벌에 쏘인 것처럼 통통 부어 있었다. 분홍빛 혈색은 사라지고, 죽은 자들의 얼굴색이 느껴졌다. 그 모습은 마치 인간에게서 신념이 모두 빠져나가고, 껍데기 육체만 남은 허깨비 같았다. 인간의 신념은 눈동자에 힘을 만들었고, 입술을 붉게 만들었으며, 분홍빛 혈색을 만들었다.

무해는 생리가 끊어진 지 오래였다. 대신 코피가 가끔 터졌다.

언제 마지막으로 씻었는지는 기억조차 나지 않았다. 손톱과 발톱은 깎지 않아도 길게 자라지 못했다. 손톱과 발톱은 바스러지거나 쉽게 빠졌다. 그녀는 옷 한 벌로 뒹굴었다. 비가 내리자 옷은 무거워지고 끈적거렸다. 그녀의 단발머리는 자르지 않아서 어느새 겨드랑이를 넘어섰다. 머리카락은 감지 않아서 떡이 졌다. 그녀의 두피는 군데군데 붉은 뾰루지가 돋았고, 손톱으로 긁으면 하얀 비듬이 싸락눈처럼 우수수 떨어졌다. 그녀의 손등과 팔뚝은 씻지를 않아서 땟국물이 줄줄 흘렀다. 얼굴은 갈색으로 그을렸고, 양 볼에는 눈물 자국이 도로처럼 나 있었다. 마당에서 키우는 개보다 사람이 더 더러웠다. 그녀의 다리에는 온통 긁힌 상처와 붉은 반점투성이였다. 상처는 애벌레가 알을 까놓은 것처럼 노오란 고름이 몽글몽글 고여 있었다. 그녀의 이빨은 닦지 않아서 소처럼 누렇고 까끌까끌했다.

방바닥은 닦지 않아서 옷에서 떨어진 흙먼지로 서걱거렸다. 부엌은 그을음으로 새까맣고, 숟가락은 설거지를 하지 않아서 지저분했으며, 냄비 바닥은 음식 찌꺼기가 눌어붙어 켜를 이루고 있었다. 요강은 배설물로 가득 차서 방 안은 이미 악취로 가득했고, 무해의 옷에서는 군내가 났고, 수건에서는 겨드랑이에서 나는 노린내가 났으며, 행주에서는 단백질이 썩어가는 냄새가 났다.

위통이 시작됐다. 위가 뒤틀리고 구멍이 난 듯 쓰렸다. 무해는 치약을 집어들었다. 중국산 치약이었고, 집에 마지막으로 남은 치약이기도 했다. 그녀는 있는 힘을 다해 마지막 남은 치약을 짰다. 치약은 배탈이나 식중독에 효험이 있었다. 사람들은 치약이 정말 효험이 있는지 알지 못했지만, 배가 아플 때 어른들은 아이들에게 치약을 먹이곤 했다. 그녀도 배가 아플 때 치약을 먹곤 했는데 그때마다 아픈 게 덜했다. 사실 약이 없었기 때문에 '가짜 약 효과'라도 볼 수 있게 사람들은 치약이라도 먹어야 했다. 그녀는 치약이 묻은 손가락을 입으로 쪽쪽 빨았다.

말복이라 밖은 여전히 한여름인데도 한기는 무해의 속옷까지 스며들었다. 한기는 늘 식욕을 자극했다. 그렇다고 움직일 수도 없었다. 움직이면 공연히 식욕을 더 자극할 수 있었다. 그녀는 아직 물에 젖지 않은 조선 소년단 붉은 넥타이를 꺼내 목에 둘렀다. 어디선가 고소한 냄새가 났다. 땅콩을 볶는 냄새. 찐 감자 냄새. 양강도의 감자는 전분이 많고 달았다. 포실포실하게 분이 많이 나는 감자밥. 그녀는 감자로 만든 쉐기밥이 떠올랐다. 이제 쉐기밥은 전 생애와 맞바꿀 수도 있는 동일한 무게를 가졌다. 현재 양강도 혜산에 감자와 땅콩이 남아 있을 리가 없었다. 환후일 수도 있었다. 종일 그녀의 할 일이라고는 냄새를 맡으려고 후각에 집중하거나, 먹는 상상을 하거나 잠을 자는 일이었다. 오래 굶으면 사람은 시력과 청각이 흐려지지만, 후각만큼은 예민해졌다. 주위에서 익숙한 음식 냄새가 나면 저절로 행복한 기운이 그녀의 온몸에 퍼졌다. 어쩌면 인간이 가지고 있는 행복의 크기는 겨우 콧구멍만 한 것인지도 모른다.

예전에 무해의 집에는 후각이 예민한 흑곰이 있었다. 그녀가 어렸을 때 키우던 검은 개였다. 그녀가 감자밥을 손에 쥐고 마당으로 나오면 흑곰은 잠을 자다가도 벌떡 일어나 꼬리를 흔들었다. 감자밥을 얻어먹을 수 있지 않을까, 하는 행복한 기대감 때문이었을 것이다. 그녀는 그때 위에서 흑곰을 내려다보던 기억이 떠올랐다. 재난을 알 수 없었던 흑곰은 개밥을 주지 않는 주인이 더는 자신을 사랑하지 않는다고 생각했을지도 모른다. 필요한 동안 데리고 있다가 버거워지면 언제든지 주인이 자신을 내쳐버릴지도 모른다는 위기감을 흑곰은 가지고 있었을지도 몰랐다. 개는 주인을 선택할 수 없었다. 늘 선택당했다. 떠나는 쪽은 선택당한 쪽의 몫이었다. 국가를 떠나려 하는 그녀처럼. 흑곰은 주인을 배신하고 집을 떠났다. 흑곰은 동네에서 가장 오래 살았던 개였다. 흑곰은 칠 년을 살았다. 북조선에서 사는 개들의 평균 수명은 삼 년에서 오 년 정도였다.

오랜 시간 굶주린 자는 보이지 않는 그 무엇의 힘으로부터 지속적으로 핍박과 지배를 받는 환상에 시달렸다. 밤이 되면 네 개의 천장 모서리는 종이처럼 구겨졌다 펴지면서 몸체가 없는 검은 유령의 네 개의 눈알이 사천왕처럼 무해의 방을 내려다볼 때도 있었다. 반대로 그녀가 모서리의 두 눈알이 되기도 하고 유령이 뱀처럼 방바닥을 기어다니기도 했다. 그녀는 가끔 굶주림에 죽어가고 있는 흑곰의 육체를 뒤집어쓰고 있는 환상에 사로잡히기도 했고, 때로는 살이 찐 흑곰의 간을 날 것으로 뜯어먹는 환각에 사로잡히기도 했다. 인간의 몸에서 치명적일 정도로 많은 에너지가 빠져나가면 인간은 강박과 불안에 사로잡혔다. 불안은 해가 지면 제 주인을 스포트라이트 아래로 끌어들여 환영의 무대를 만들었고, 환영은 밤마다 이야기를 만들었다. 그녀는 환상과 밤마다 싸웠다. 그녀는 일상이 자신을 시험에 부치고 있다는 것을 알았다. 텅 빈 페이지 같은 벽에서는 시간이 마치 멈춘 듯 검은 그림자들이 천천히 흘러 다녔다.

무해는 처음 대기근이 들었을 때를 기억했다. 그 당시 그녀는 삼 년제 교원대학을 막 졸업하고 교원으로 일하고 있었다. 북조선에서 교원은 후대들을 혁명의 계승자로 교육할 직업적 혁명가로 불렸다. 각 지방 당국은 교원들을 위한 상점, 편의점을 따로 설치했다. 식당 안에도 교원 좌석은 따로 마련이 되어 있을 정도로 교원에 대한 배려가 컸다. 교원은 특히 여성들에게 인기가 좋았다. 하지만 경제가 어려워지면서 교원의 월급은 끊겼고, 사람들에게 인기가 없는 직업이 되었다. 교원들은 먹고살기 위해 하나둘씩 학교를 그만두었다.

학생들이 배급받는 노트, 연필, 교복의 질은 예전보다 훨씬 나빠졌다. 노트와 교과서의 종이는 흰색에서 검은색으로 바뀌었다. 검은 종이는 학생들이 글자를 읽기에 너무 힘들었다. 나중에는 교과서의 딱딱한 겉표지마저 없어졌다. 교복은 쌀자루처럼 거칠고, 뻣뻣했다. 조금만 걸어도 아이들의 연약한 가랑이 살은 쓸려서 피가 났다. 중국의 죄수복이 교복보다 더 질이 좋다는 소문이 있을 정도로 교복의 질은 나빠졌다. 그래서 일부 아이들은 평상복을 입고 등교하기도 했다. 그나마도 당국의 의류 공급이 끊기면서 개인이 인민복, 노동복, 교복 등을 시장에서 비싼 돈을 주고 사야만 했다.

식량 사정도 점점 악화되었다. 당국은 처음에 옥수수와 쌀을 오대오로 섞어서 배급하다가 점점 쌀의 비율을 줄여갔다. 사람들은 식량을 아끼기 위해 쌀과 전분에 니탄을 섞어 니탄 밥이나 니탄 떡, 니탄 빵, 니탄 국수를 해 먹기도 했다. 니탄은 부식토와 석탄 중간 단계의 물질이었다. 북조선에는 니탄 자원이 풍부했다. 니탄 하나만으로는 가정용 난방으로 쓸 수가 없어서 주로 비료 대용으로 썼다. 니탄은 단맛이 있어 사람들은 설탕 대용으로 종종 사용했다. 학교에서도 학생들에게 급식 대신 니탄 떡을 주곤 했다. 그러다가 어느 날 쌀은 완전히 자취를 감추었고, 사람들은 옥수수로 세 끼를 때우기 시작했다. 그나마 세 끼라도 먹을 때가 좋았다. 얼마 안 가 옥수수밥도 두 끼로 줄고, 한 끼로 줄더니 나중엔 멀건 옥수수죽으로 바뀌었다.

이때부터 사람들은 후각이 개처럼 예민해지기 시작했다. 가족들은 모여서 종일 먹을 수 있는 것들에 대해서 궁리를 하기 시작했다. 음식이라는 것도 상상력으로 과학 발명품처럼 발명할 수 있지 않을까? 사람들은 세상의 모든 물체를 음식 대용으로 놓고 연구했다. 사람도 토끼처럼 풀을 뜯어먹을 수 있지 않을까? 처음엔 사람들은 옥수수 뿌리, 옥수수 심, 옥수수 껍질, 벼 뿌리를 먹을 수 있다는 생각을 전혀 하지 못했다. 당국은 조선중앙통신과 강연회를 통해 영양물질이 많은 뿌리를 먹으라고 선전을 해댔다. 사람들은 당국의 선전대로 옥수수 뿌리와 벼 뿌리를 분쇄기에 넣어 분쇄를 한 후, 죽을 만들어 먹었다. 뿌리로 만든 죽을 먹고, 아이들은 변비에 걸리고 복통에 시달렸다. 집집마다 어머니들은 꼬챙이로 아이들의 항문을 파냈다. 그러자 이번엔 당국에서 벼 뿌리 가루에 양잿물을 조금 섞으면 더 부드럽고 맛있게 먹을 수 있다고 선전을 했다. 사람들은 벼 뿌리 가루에 양잿물을 섞었다. 얼마만큼의 양을 섞어야 하는지 아는 사람은 아무도 없었다. 양잿물을 섞은 벼 뿌리 죽은 쫀득쫀득하고 찹쌀처럼 차졌다. 심지어 구수한 냄새까지 났다. 양잿물로 죽을 쑤어 먹은 아이들은 식도가 타고, 복통에 시달리다가 떼죽음을 당했다.

습관적으로 굶는 사람의 뇌는 쪼그라들어서 오로지 한 가지만 상상하고, 말하게 된다. 사람들은 구강기 때로 되돌아갔다. 사람들은 음식으로 베개를 만들고, 음식으로 구름을 만들었으며, 음식으로 감각을 길들이고, 음식으로 심장을 뛰게 했다. 음식은 관능이 되기도 하고, 삶의 전부가 되기도 했다. 상상의 음식들은 사람들의 정신을 지배했고, 사람들은 기꺼이 음식에게 지배를 받고 싶어 했다.

대기근이 점점 길어지자 결국 학교에서는 배급을 끊었다. 교과서, 학용품 등 교육에 필요한 물품이 공급되지 않았고, 학교와 당국은 공교육비에 대한 부담을 학부모에게 전가하기 시작했다. 대부분의 학생들은 학교에 나가지 않았다. 어른들도 직장에 나가지 않았고, 각자 살 궁리를 했다. 학교에 가지 않는 어린아이들은 엉뚱한 상상에 빠지곤 했다. 지독한 고독에 시달리던 아이들은 거짓말을 하기 시작했고, 마을에는 흉흉한 소문이 돌기 시작했다. 흉흉한 소문의 근원지가 아이들의 '입'이라는 사실을 어른들은 전혀 눈치채지 못했다. 어른들은 밤마다 모여 앉아 낮에 떠돌던 풍문에 대해서 토론을 했다.

"국가가 사라질 수 있을까?"

재난이 들이닥친 후, 집에서 가장 먼저 내쫓긴 사람들은 노인들과 장애인들이었다. 허물어진 마을 건물 구석이나 다리 밑, 길바닥에는 갈 곳 없는 노인들과 장애인들이 득실대기 시작했다. 마을의 천덕꾸러기가 된 그들은 다시 산으로 강가로 숨어들었다.

하지만 누구에게는 재앙이 기회가 되기도 했다. 경제위기가 계속되자 은행은 기능을 상실했고, 경제위기를 절호의 기회로 이용한 돈주들이 생겨나기 시작했다. 그들은 문화재와 골동품을 몰래 훔쳐다가 중국에 내다팔았다. 그들은 내다판 돈으로 쌀을 사서 다시 북조선의 장마당에 풀었다. 그들은 시세보다 두세 배 이윤을 남겼다. 그들은 주로 암거래로 돈을 벌었다. 이 시기에 부자가 된 사람들은 대개 중국과 밀수를 한 사람들이었다. 젊은 여자들은 먹고살기 위해 돈주들에게 몸을 바쳤다. 사람들은 그런 여자들을 보고 '밤꽃 여자'라고 불렀다. 은행을 믿지 못하는 사람들은 불가피하게 돈을 집에 보관하게 되었다. 집에 돈을 숨겨놓는다는 것을 알게 된 마을 사람들은 도둑질을 일삼았다. 이웃과 이웃들은 서로를 경계했고, 호시탐탐 노렸다.

북조선에서만 신흥 부자들이 생겨난 건 아니었다. 북조선의 사정이 긴박하게 돌아가자, 중국의 사기꾼들이 북조선의 무역 공사를 상대로 사기를 치고, 돈을 가지고 잠적하는 일이 비일비재했다. 북조선은 곰팡이가 핀 식량이든, 재고품이든, 불량품이든, 상관없이 비싼 값에 수입했다. 덕분에 중국에서는 백만장자들이 수없이 생겨났다.

도시에는 예전에 보지 못했던 풍경들이 펼쳐졌다. 대기근은 순식간에 도시의 풍경을 바꾸어놓았다. 건물 구석엔 누워 있는 할아버지도 있었고, 역전에는 여자가 쪼그리고 앉아 제 무릎에 얼굴을 처박고 있기도 했다. 무해는 죽었는지 궁금해서 여자를 슬쩍 건드려보기도 했다. 잠든 것 같지는 않은데 여자는 별 반응이 없었다. 그녀는 집으로 돌아오는 길에 여자가 달구지에 실려 나가는 것을 보았다. 임종의 입회인도 없이 죽은 사람들은 강가와 공터에 버려졌다. 비가 많이 내린 어느 날, 그들은 흔적도 없이 사라졌다. 다시 그 자리는 다른 이들로 채워졌다. 마을에서 가장 빨리 죽어나간 사람들은 마지막까지 꼿꼿하게 인간의 존엄성을 지킨 사람들이었다. 만약, 가장 빠르게 죽기를 원한다면 인간의 존엄성과 자존심을 굳건히 지키며 고상한 하루를 보내면 되었다.

고상한 하루를 보내는 사람들이 있는가 하면 한편으로는 굶주린 날짐승처럼 본능에 충실하고, 도덕성을 외면하며, 비굴하게 살면서 얼마간의 생명을 연장하려 하는 사람들도 있었다. 사람들은 길거리와 시장으로 쏟아져나왔다. 어떤 여자들은 목에 나무판을 매달고 장마당에 나왔다. 자신을 팔기 위해서였다. 나무판에 적힌 내용은 주로 이랬다.

뭐든 시키는 대로 다 할 수 있습니다.

제발 저를 사가세요.

어른들은 먹지 않으면 죽는다는 사실을 알았지만, 어린아이들은 배고픈 욕구를 참지 못해 배를 채울 뿐이었고, 배를 채우지 못했을 때 엄마를 찾았다. 엄마를 불러도 대답하지 않았을 때 비로소 아이들은 죽음의 공포를 느꼈다.

부모를 잃고, 집마저 빼앗긴 어린아이들은 전부 장마당으로 모였다. 아이들은 조직적으로 움직였고, 아예 장마당에서 먹고 잤다. 그들이 노리는 것은 단지 음식이었다. 음식을 매처럼 빠르게 낚아채는 것. 그들은 그 수법을 연습하고 또 연습했다. 장마당에서 음식을 훔치다 들켜서 어른들에게 두들겨 맞으면서도 그들은 빼앗은 음식을 필사적으로 입에 넣었다. 맞아 죽더라도 일단 먹고 본다는 식이었다. 맞을 때 그들의 표정을 보면, 그들은 웃고 있었다. 몽둥이질에 온몸에 피멍이 들고, 뼈가 부러지고, 이마가 찢기고, 머리카락이 한 줌 뽑혀나가고, 코피가 터져도 뱃속에 음식이 들어가는 것을 그들은 더 행복해했다. 무해는 죽어가는 아이들의 웃는 얼굴을 오래도록 바라보았다. 무언가를 오래도록 바라보고 있으면 때로 그 무언가는 점점 모호해져서 결국 알 수 없는 것이 되었다.

아이들은 몽둥이질을 굳이 피하지 않았다. 그들은 입안에 있는 음식을 삼키는 데 온통 정신이 팔려 있었다. 사람들은 저항하지 않는 아이들을 더는 사람으로 보지 않았고, 더욱더 사납게 몽둥이질을 해댔다. 어떤 아이는 입안에 욱여넣은 음식물을 다 삼키기도 전에 입이 서서히 벌어지면서 죽어갔다. 죽어가는 아이의 입술은 검고 파랬다. 눈을 뜬 채로 바닥에 쓰러진 아이는 아무 반응이 없었다. 몽둥이질 때문에 죽은 것인지 급체를 해서 죽은 것인지 알 수가 없었다. 아이의 몸에서 열이 빠르게 빠져나갔고, 빠져나온 열은 땅바닥으로 이동해 잠시 동안 그곳에 머물렀다가 사라졌다. 지나가는 사람들은 그 죽음이 자신에게 아무런 위해도 끼치지 않다는 듯이, 그저 흔한 장면을 본 것뿐이라며 가장된 몸짓으로 힐끔 쳐다보고는 자기 갈 길을 갔다.

그동안 인간의 존엄과 윤리를 지켜주고 있었던 것은 사람의 '의지'가 아니라 바로 '식량'이었다. 과연 인간에게 '의지'란 게 있긴 한 걸까? 식량이 사람의 정신과 육체를 지배했다. 식량은 권력이었고, 계급이었으며 정치였다. 무해는 체제와 사상이 인간을 속이고, 세상 뒷면에 숨겨놓았던 비밀들을 우연히 훔쳐본 것 같았다. 그녀는 분노했지만, 그 분노는 오래가지 못했다. 대상을 특정할 수 없는 분노는 사람을 무기력하게 만들었다. 국가는 거대해서 개인이 분노의 대상으로 삼을 수 없었다.

무해는 자주 눈을 깜박거렸다. 세상은 안개가 낀 것처럼 뿌옇게 보였다. 현실은 오히려 비현실적으로 보였고, 교과서에서 배운 희망이나 의지, 신념은 초현실적인 단어들처럼 느껴졌다. 진짜 현실의 모습은 인간들이 만든 문명에 가려져서 여태껏 보이지 않다가, 자연과 재앙이 현실에서 우위를 점하게 되자 그들 본

연의 모습들이 서서히 드러났다. 사람들의 눈동자는 몽유병 환자처럼 초점을 잃어갔다.

아이들은 저녁이 되면 집집마다 돌아다니면서 대문을 두드렸다. 그들은 철문 집만 골라 문을 두드렸다. 혜산에서는 나무로 된 대문과 철로 만든 대문이 있었다. 철문이 당연히 잘 사는 집이었다. 철문에는 밖을 내다볼 수 있는 네모난 구멍이 있었다. 집집마다 구멍의 개수가 달랐다. 구멍이 없는 집도 있었고, 하나만 있는 집도 있었으며, 무해네 집처럼 세 개인 집도 있었다. 네모난 구멍이 세 개인 집이 한 개인 집보다 대개 잘 사는 집이었다. 아이들은 그 사실을 잘 알고 있었기 때문에 주로 철문에 구멍이 많은 집을 선택했다.

무해네 집에 식량이 많다는 소문이 장마당에 퍼지자, 하루에도 사십 명이 넘는 아이들이 종일 대문을 두드렸다. 그녀의 아버지가 살아계셨을 때는 집으로 찾아온 아이들에게 밥을 주었다. 아이들에게 밥을 주면 문 뒤에 숨어 있던 어른 여러 명이 우르르 집 안으로 몰려 들어왔다. 알지도 못하는 아이를 자신의 아이인 양 등에 업고 들어와서 불쌍한 척 연기를 하며 밥을 달라는 여자들도 있었다. 결국 그녀의 어머니는 대문을 걸어 잠갔다. 아무리 문을 두드려도 밖을 내다보지 않았다. 나중에 아이들은 담장을 넘어 들어왔다. 어머니가 나가라고 소리를 질러도 아이들은 아랑곳하지 않았고, 시위하듯 마당에 대자로 드러누웠다. 개가 맹렬히 짖어대도 아이들은 겁을 먹지 않았다. 아이들은 자기 집처럼 남의 집 부엌과 마당 곳곳을 뒤졌다. 뒤져서 먹을 것이 나오지 않으면 아무 데나 침을 뱉으며 욕설을 퍼부었다. 아이들은 장마당에서 얻어온 담배꽁초를 나눠 피우고, 어깨를 바짝 추켜세우며 똘마니 흉내를 내기도 했다. 아이들은 필터가 타들어가도록 꽁초를 피웠다. 마지막엔 필터를 껌처럼 질겅질겅 씹어댔고, 누런 니코틴 침을 뱉어냈다. 아이들의 입에서 니코틴 똥내가 진동했다. 그렇게 행동하면 상대에게 위협이 될 거라고 아이들은 생각했다. 아이들은 어른들에게도 충분히 위협이 되었다. 갓난아이를 등에 업은 어린 새댁은 벽에 바짝 붙어 서서 모든 게 조용히 지나가기를 기다렸다. 밥을 얻어가지 못한 아이들은 갓난아이의 볼을 꼬집고 갔다. 갓난아이의 볼에는 핏물이 번졌다. 갓난아이는 자지러지게 울었다. 처음에 선의로 아이들에게 밥을 주었던 어른들도 무서워서 집에 혼자 있기를 꺼렸다. 집집마다 문을 꽁꽁 걸어 잠갔다. 마을 인심은 사라지고, 아이들에 대한 나쁜 소문들이 흉흉하게 퍼졌다.

아이들이 주로 모여 있는 아지트가 또 하나 있었다. 북조선과 중국 접경지역이었다. 아이들은 접경지역에 있는 산속에 굴을 파고 아지트를 만들어 그곳에서 생활했다. 북조선 마약 밀수꾼들은 마약 밀매에 아이들을 끌어들였다. 마약 밀수꾼들은 평양, 함흥 지방에서 만든 뼹두를 야밤에 중국으로 넘겼는데 그때 아이들을 이용해 운반했다. 밀수꾼들은 북조선 국경 경비대원들에게 뇌물을 주었다. 문제는 중국 쪽 변방부대원들이 하는 단속이었다. 중국 쪽의 단속이 심할 때는 아이들만 뼹두를 가지고 압록강을 넘었다. 아이들은 썩은 옥수수 몇 알에도 쉽게 목숨을 걸

였기 때문에 밀수꾼들은 그들을 이용하기가 수월했다. 밀수꾼들은 거리와 장마당, 역전을 떠도는 어린아이들 중 날쌘 아이들을 골라 마약 보따리를 주어 중국 대방에게 전달하게 했다. 성공하고 돌아오면 옥수숫가루와 담배 한 개비를 주었다. 아이들은 처음엔 봇짐 속에 무엇이 들어 있는지도 모르고 시키는 대로 중국으로 날랐다. 그러다가 봇짐 속의 물건이 삥두라는 사실을 알게 된 아이들은 마약 밀수꾼들에게 심부름 대가로 담배 한 개비 대신 삥두를 요구했다. 마약을 나르다가 중국 변방부대 군인들에게 잡힌 아이들은 집단 폭행을 당해 죽거나 무기징역 판결을 받고, 일생을 중국 감옥에서 보냈다. 중국 당국이 북조선 정부에 마약 밀매범인 아이들을 데려가라고 통지를 해도 북조선 당국은 일절 모른 척했다. 밀수꾼들이 뇌물을 먹여도 가끔, 아이들은 북조선 국경 경비대원들에게 붙잡히기도 했는데 대부분 그 자리에서 총살당했다.

사실 삥두를 하는 아이들보다 더 무서운 도둑들은 따로 있었다. 바로 군인들이었다. 군대에 배급이 끊기자 인민들을 지켜야 하는 군인들은 도적질을 일삼았다. 잘 사는 집들은 창문에 쇠창살을 박았고, 개 주인들은 마당에 풀어놓고 키웠던 개들을 부엌이나 방, 창고에 숨겼다. 어떤 집은 문 앞에 빈병들을 쭉 세워놓기도 했다. 하지만 군인들은 펜치로 쇠창살을 뜯어냈고, 부엌에 있는 개들에게 쥐약을 던지거나 낚싯바늘을 던져 물게 했다. 군인들은 도끼와 통나무를 들고 와 마을 사람들을 위협하며 개를 훔치고, 식량과 돈을 탈탈 털어갔다. 사람들은 그들로부터 식량을 어떻게 무사히 지켜낼 수 있을까에 골몰했다. 식량 위에 돌을 쌓아 위장을 하기도 하고, 땅을 파고 먹을 것을 숨겨놓기도 했다. 사람들은 중국 연선에 쳐놓은 철조망을 훔쳐다가 담장에 둥글게 말아 올리기도 했고, 때로는 문을 두드리는 특이한 방법들을 만들어내기도 했다. 집으로 들어올 때는 가족들만이 알 수 있는 방법으로 문을 두드렸다.

군인들은 마을에서만 도적질을 한 게 아니었다. 중국 접경지역 경비대 군인들은 압록강을 건너 중국 민가로 들어가 돈과 물건, 가축들을 훔쳤다. 어느 날엔가는 중국에서 군인들이 소를 훔쳐 달아나다가 중국 변방부대원들에게 잡힌 적이 있었다. 불법 월경에 소 도둑질까지 했기 때문에 중국 변방부대에 잡혀 북조선으로 끌려갈 경우, 그들은 공개 총살을 당할 수밖에 없었다. 공개 총살을 두려워한 군인들은 이판사판으로 중국 군인들과 싸움을 벌였다. 그 과정에서 북조선 군인 두 명이 즉사했다. 이 소식을 들은 북조선 동네 사람들은 아이러니하게도 가해자 편을 들고, 피해자들에게 복수를 운운하며 연선으로 몰려갔다. 중국 군인들은 연선으로 몰려나온 북조선 사람들을 향해 공포탄을 쏘았다.

무해는 중국을 우방으로 생각하지 않았다. 호시탐탐 북조선만 노리고 있는 승냥이라고 여겼다. 아니 그것은 정확히 말하자면 북조선보다 더 잘 사는 것에 대한 시기심이었다. 그녀는 부러웠다. 강 건너 바람결에 넘어오는 음식 냄새와 밤의 풍경들을 보면 그들이 북조선보다 얼마나 풍족하게 사는지 알 수 있었다. 강

하나를 사이에 두고 어떻게 해서 저쪽은 저렇게 풍족할 수가 있는지 그녀는 그 이유가 무척 궁금했다.

잠시 비가 그치고 해가 뜨는가 싶더니 또다시 비가 내리기 시작했다.

무해는 한 달 전, 장마당에서 만난 성국이를 떠올렸다. 그녀는 장마당에 갔다가 온몸이 비에 흠뻑 젖은 채로 서 있는 성국이를 보았다. 성국이는 다른 친구들과 함께 검은 그림자를 뒤집어쓴 것처럼 땟국물을 줄줄 흘리며 굶주린 배를 움켜쥐고 노래를 부르고 있었다. 제대로 먹지도 못한 그들은 노래를 부를 힘은 그나마 남아 있었던 모양이었다. 성국이를 알아보지 못한 채, 그들 앞을 지날 때쯤 그녀는 누군가가 "무해 누나"하고 자신을 부르는 소리를 들었다. 그녀는 걸음을 멈추고 뒤를 돌아다보았다. 무해 누나,라고 자신을 부른 사람은 인민학교에 같이 다녔던 동네 후배였다. 조성국.

"성국이 아니니? 비 오는 날 장마당에 나오는 사람도 별로 없는데 노래를 부르면 뭐하니? 노래 부르면 배가 더 고파. 노래 그만 불러."

"노래 부르는 것도 오늘이 마지막이야."

성국이가 말했다.

"마지막?"

"응, 마지막. 오늘 밤 우린 강을 건널 거야."

성국이는 손으로 입을 가리며 나지막한 목소리로 말했다. 그러더니 윗옷 앞주머니에서 토끼풀 하나를 꺼내 사탕처럼 여러 번 빨았다. 성국이는 이가 없는 노인네처럼 토끼풀을 몇 번 오물오물 씹더니 꿀꺽 삼켰다. 성국이는 다시 말을 이었다.

"창바이에선 우리를 화쯔라고 부른다던데?"

"화쯔?"

"거지······."

"······."

압록강을 건너면 남조선 선교사들이 먹을 것을 주고, 노랑머리 신부님과 수녀님들은 아이들을 입양한다고 성국이는 말했다.

"얼간망둥이, 사기 협잡꾼들의 말을 믿는 거니? 정말, 반통일 역적들의 침 발린 수작질을 믿는 거야?"

무해는 미간을 찌푸리며 성국이에게 말했다.

성국이는 이미 많은 사람들이 강을 건넜다고 말했다. 성국이는 마치 강을 건너지 않아도 강 건너의 일들을 다 안다는 듯이 말했다.

"거짓 선동에 놀아났다간 노예로 팔려 나가. 아이들을 입양을 한다고? ······삶은 소대가리가 웃다가 꾸레미가 터질 노릇이네. 성국아, 정신 차려. 쾅포쟁이들 말 믿지 마."

성국이는 능글능글 웃었다. 성국이는 무해의 귀에 손을 갖다 대고 어린 강아지 한숨 쉬는 소리처럼 들릴 듯 말 듯 속삭였다.

"······."

무해는 기운이 다 빠지고 현기증이 일어나서 다시 방바닥에 누웠다. 그녀는 천장의 검은 지도를 한참 동안 쳐다보았다. 세계지도 같았다. 그녀는 한반도를 찾아보았다. 그러다가 그녀는 한 달 전, 장마당에서 성국이가 했던 귓속말을 떠올렸다.

"누나네 엄마도 강을 건넜다는 소문이 있어. 남조선으로 갔을지도 몰라."

어머니가 나한테 말 한마디 하지 않고 강을 건넜을 리가 없어. 순간 다른 목소리가 무해의 귀에 들려왔다.

어머니는 먹을 것을 얻으러 강을 건넜다가 바로 집으로 돌아오려고 했을 거야. 틀림없어. 집으로 돌아오고 싶어도 돌아오지 못할 만한 무슨 일이 생긴 거겠지.

무해는 밤하늘에 떠 있는 수십 개의 빨간 십자가들이 머릿속에 떠올랐다. 사람들은 남조선에는 한 집 건너마다 교회가 있다고 말했다. 그들은 남조선의 밤거리엔 온통 붉은 십자가뿐이라고 했다. 검은 옷을 입은 신부와 수녀들도 떠올랐다. 검은 시간들이 옷의 보풀처럼 검은 옷에 달라붙었다. 잠시 시간이 멎었다. 이런저런 생각을 하다가 탈진한 그녀는 다시 깊은 잠에 빠졌다. 그녀는 꿈을 꾸었다.

재난이 도시의 사람들을 어디론가 휩쓸고 간 것처럼 거리에는 사람들이 사라지고 없었다. 보이는 것은 오로지 빨간 십자가들뿐이었다. 빨간 불빛들은 마치 임박한 사정을 알리는 경고등처럼 깜박였다. 무해는 십자가가 있는 곳으로 발길을 향했다. 도착한 곳은 성당이었다. 성당 문지기처럼 서 있는 수양버들 나무는 병이 들었는지 새까맸다. 어디선가 바람이 불어왔다. 여자의 새까만 머리카락처럼 늘어져 있는 수양버들 줄기들이 그녀의 어깨를 스칠 듯 말 듯 지나갔다. 자세히 보니 날벌레 수만 마리가 수양버들 줄기에 새까맣게 엉겨붙어 있었다. 그녀는 기겁을 하며 뒤로 물러났다.

무해는 성당 마당을 가로질러 갔다. 평양역 시계탑과 비슷한 검은 종탑이 나타났다. 그녀는 종탑의 계단을 올라갔다. 계단은 끈끈이를 붙여놓은 듯 끈적거렸다. 신발이 벗겨질 정도였다. 계단에서 신발을 뗄 때마다 쩍, 쩍, 소리가 났다. 어디선가 바람이 또 불어왔다. 좀 전에 불었던 바람보다 더 세게 불어왔다. 검은 종이 흔들거렸다. 그녀는 검은 종 위에 귀를 갖다댔다. 텅 빈 종 안에서 바람 도는 소리가 들렸다. 우우. 소리는 마치 짐승이 우는 소리처럼 들렸다. 그녀는 종 안에 머리를 집어넣고 안쪽을 살펴보았다. 죽은 검은 고양이가 종 안쪽에 붙어 있었다. 그녀는 비명을 질렀다. 비명 소리가 종 안을 맴돌다 그녀의 귀를 때렸다. 그녀의 비명 소리에 검은 종이 진동을 했다. 죽은 고양이가 그녀의 오른쪽 발등 위로 떨어졌다. 그녀는 너무 놀라 종탑 위에서 뛰어내렸다. 종탑에서 뎅그렁 뎅그렁 종소리가 울려 퍼졌다. 귀가 먹먹했다. 그녀는 마른침을 꼴깍 삼켰다.

무해는 높은 종탑에서 뛰어내렸는데도 다치지 않았다. 대신 옷에 새까만 도꼬마리 수십 개가 다닥다닥 붙었다. 그녀는 도꼬마리를 손으로 잡아뗐다. 도꼬마리의 가시가 손톱 끝을 파고들었다. 그때 어디선가 날카로운 고양이 울음 소리가 들렸다. 그녀는 소리가 나는 쪽으로 고개를 돌렸다. 검은 고양이가 노랑 고양이의 목을 덥석 물었다. 노랑 고양이가 길게 울었다. 검은 고양이가 순식간에 노랑 고양이 등에 올라탔다. 두 마리의 고양이는 교미를 했다. 교미 중에 노랑 고양이가 다시 한번 긴 울음 소리를 냈다. 교미를 끝낸 두 마리의 고양이는 풀숲 속으로 사라졌다. 갑자기 폭우가 쏟아지기 시작했다. 그녀는 비가 내리지 않는 건물 쪽으로 뛰어갔다.

교실처럼 나무로 만든 격자 창문에서 노란 불빛이 새어나왔다. 무해는 불이 켜진 유리창에 이마를 대고 안을 들여다보았다. 신부와 수녀가 의자에 서로 마주 보고 앉아 있었다. 신부는 술병을 들고 있었다. 술병을 들지 않은 다른 한 손에는 불붙은 담배를 들고 있었다. 신부는 입을 벌리고 있었다. 입가에 하얀 거품이 일고 있었다. 신부의 눈동자는 초점이 없었다. 신부는 만취 상태였다. 수녀의 치맛자락은 위로 말려 올라가 있었다. 허벅지가 훤히 드러났다. 수녀의 허벅지는 눈부시도록 하얬다. 마치 단 한 번도 세상에 드러난 적이 없는 것처럼. 수녀는 한쪽 다리를 신부 다리 위에 올려놓았다. 수녀도 몹시 취해 있었다. 두 사람은 뭐가 그리 재미있는지 시시덕거리며 웃고 있었다. 신부가 담배를 빽빽 빨아대더니, 피웠던 담배를 수녀에게 넘겨주었다. 수녀는 담배를 넘겨받더니 한 모금 길게 빨고 담배 연기를 내뱉었다. 허공에 도넛 모양의 담배 연기가 만들어졌다가 금세 흩어졌다. 그녀는 눈썹에 힘을 주면서 욕설을 내뱉었다. "간특한 악종

들. 성국이가 저 미친 개나발에 속다니."

무해는 자다 깨기를 반복했다. 그녀는 비슷한 꿈들을 여러 번 꾸었다. 현실은 희미했고, 꿈은 선명했다. 성국이의 목소리가 어디선가 자꾸 아득하게 들려왔다.

'누나네 엄마도 강을 건넜다는 소문이 있어. 남조선으로 갔을지도 몰라.'

무해가 눈을 떴을 때 방 안의 사물들은 물속에 잠겨 있는 것처럼 흐릿했다. 곰팡이가 벽에 그린 지도가 그녀의 눈에 들어왔다. 모양이 한반도와 비슷한 지도에서 그녀의 눈길이 멈추었다. 그러자 밖에서 비 내리는 소리가 세차게 들려왔다.

인조 고기밥

삼 주째 폭염이 기승을 부렸다. 여름 내내 비 소식이 없다가 지난 주말에 오랜만에 비가 내렸다. 기상청에서는 앞으로 이틀 동안 비가 더 내리겠다고 예보했다. 폭염이 한풀 꺾였다. 대기를 채웠던 한여름의 냄새들이 단비에 쓸려 내려갔다. 날씨와 풍경은 사람의 내면을 반영한다. 날씨와 풍경을 바라보는 시선은 다시 자기 자신에게 되돌아오는 시선이다. 치매라는 병을 가지게 되었다는 의미는, 더는 날씨와 풍경을 되돌아오는 시선 없이 바라본다는 뜻이기도 했다.

모래는 무해가 자신을 최대한 추스르려고 집안일에 지나칠 정도로 열중하는 모습을 지켜보았다. 밀대로 거실 바닥을 닦고, 서서 부엌일을 하고, 나무에 물을 주고, 건조대에 빨래를 너는 모습은 무언가 간절하게 기원하는 사람의 모습이었다. 그런 모습은 언제나 양쪽 어깨 끝이 겸손하게 굽어져 있었다. 지금까지 자신의 삶이 허위가 아닐수록, 그리고 진심일수록, 어깨는 안으로 더 굽어졌다.

오랜만에 안부 인사를 건네 오듯 기분 좋은 바람이 불던 어느 일요일 오전, 무해는 낮잠을 오래오래 잤다. 그녀는 잠에서 깨어나자마자 저녁이냐고 모래에게 물었다. 모래는 아직 대낮이라고 그녀에게 대답했다. 날씨가 흐려서인지 아니면 여전히 꿈속의 잔상에 사로잡혀 있는 것인지 그녀는 낮과 밤을 헷갈려 했다. 그녀는 "몇 시쯤 됐냐?"라고 시간을 묻는 게 아니라 낮인지 밤인지를 물었다. 이제 그녀는 시간을 세분화하지 못하는 걸까? 시간이 앞뒤 없이 하나의 낮과 밤으로 흐르는 것일까? 의사는 치매가 악화되면 낮과 밤을 구별하지 못하고 계절의 특징도 구분하지 못한다고 말했다. 그럼 치매 환자는 무엇으로 시간의 흐름을 알아챌 수 있을까. 식물도 낮과 밤을 아는데 식물처럼 변해가는 치매 환자는 왜 체화된 빛의 감각조차 잃어버리는 걸까? 모래는 시간이 정지된 치매의 세계가 상상이 가질 않았다.

무해는 잠을 잔 사실을 까맣게 잊은 사람처럼 다시 잠에 빠졌다. 나쁜 꿈을 꾸는지 인상을 쓰기도 하고, 누군가와 대화를 나누는지 입을 오물거리기도 했다. 그녀는 꿈속에서 시달리는 것 같았다. 그녀가 평소 자신의 모습을 조금씩 잃어가자, 비로소 모래는 그녀를 조금씩 알아가는 것 같았다. 이상한 일이었다. 그녀의 심장은 이곳에 위치해 있고, 간은 저곳에 위치해 있다는 것과, 한 번도 관심을 두지 않았던 팔꿈치의 주름과 자신과 다르게 생긴 손톱 모양도 눈에 들어오기 시작했다. 그녀를 오래 쳐다보고 있으면, 손가락 끝에서 투명한 촉수가 피노키오의 코처럼 늘어나 그녀의 등골뼈들을 더듬었다. 생각해보면 '엄마'라는 말은 그녀를 한 인간으로 제대로 보지 못하게 눈을 가려버렸다. '엄마'라는 말을 걷어내자 여성, 인간,이라는 진짜 무해의 모습이 드러났다.

무해는 죽은 사람처럼 잠들어 있었다. 가끔 모래는 무서워서 그녀를 흔들어 깨웠다. 흔들어 깨워도 그녀가 아무런 반응을 보이지 않으면, 모래는 그녀의 가슴과 배가 오르락내리락하는지 찬찬히 살펴보았고, 손목의 맥을 짚기도 했다. 치매와 심장마비는 별 상관이 없었지만, 매번 모래는 그녀의 심장박동을 확인해야 안심이 됐다. 일상에서 낯선 그녀를 만날 때마다 모래는 이렇게 직접 만지고 따뜻한 체온을 느끼는 방법으로 그녀를 인식해야만 했다. 마치 엄마가 따뜻한 손으로 잡아주어야만 자신의 손이 존재하는 줄 아는 신생아처럼. 모래는 하루가 권태롭다는 말을 환자의 병증을 보면서 처음으로 이해했다. 아마도 이미 결론에 당도해버린 불치의 병에는 덧붙여지는 상상들이 없기 때문일 것이다.

무해는 정오쯤 일어났다. 그녀는 다시 저녁이냐고 모래에게 물었다. 모래는 아직 대낮이라고 대답했다. 그녀는 일어나서 한참 동안 헛것을 본 것처럼 멍한 표정을 지었다. 그녀는 낮의 길을 걷다가 밤으로 돌아오는 길을 잃었고, 밤의 길을 걷다가 낮으로 돌아오는 길을 잃었다. 그녀는 시차의 경계선에서 마치 유령처럼 서 있었다. 그녀는 시간에 대해 아무 저항감이 없는 몸이 되었다.

하루가 지루하거나 바쁘거나 하는 시간 감각들에 대해서.

무해의 병은 매일 조금씩 구체적인 얼굴로 나타나기 시작했다. 그것은 집요했고, 은밀했으며, 야만스러웠다.

의사는 환자가 치매 진단을 받은 후 혼란, 거부, 부정, 분노, 원망, 단념의 단계를 거친다고 말했다. 모래는 무해가 지금 어느 단계를 걷고 있는 것일까 궁금했다. 혼란과 분노의 단계일까? 의사는 환자가 빠른 시일 내에 단념의 단계로 가는 것이 좋다고 여러 번 강조해서 말했다. 하지만 의사의 말처럼 단념의 단계로 가는 것이 가능하기나 한 걸까? 모래는 의사의 말에 의심이 들었다. 환자는 모든 기억이 소진될 때까지 혼란과 분노, 거부의 단계만 반복하고 그 단계에만 머무는 것이 아닐까?

의사가 말해주지 않은 것도 있었다. 환자를 돌보는 가족도 환자처럼 혼란, 거부, 부정, 분노, 원망, 단념의 단계를 거친다고 의사는 말하지 않았다. 또 치매 환자처럼 돌보는 가족들도 빠른 시일 내에 단념의 단계로 가는 것이 좋다고도 말하지 않았다.

모래는 치매에 대해 공부하기 위해서 인터넷을 뒤져서 정보를 모으고, 치매와 관련된 책을 주문해서 읽었다. 그녀는 의사가 말한 대로, 그리고 치매 교과서에서 읽은 내용대로, 착실하게 행동에 옮겼다. 모든 병의 기본 상식처럼 무해는 일단, 잘 먹고, 잘 자고, 규칙적으로 운동하고, 약을 잘 챙겨 먹었다. 그녀는 환자 가족들이 쓴 치매 수기를 꼼꼼히 읽었다. 그녀는 수기 내용대로 따라 하기 위해 인터넷에서 커다란 벽시계부터 주문했다. 멀리서도 시간을 금방 확인할 수 있는 큰 숫자가 있고, 시계 바탕과 숫자 색깔이 대비되는 시계였다. 기억을 잃는다는 건 시간 감각을 잃는 것과 같았다. 그리고 시간과 함께했던 그 모든 사건을 잃는다. 잊는 게 아니라 잃는다. 마치 검은 구멍 속으로 시간이 쑥 빠져서 어디론가 흘러가는 것처럼, 잃는다. 점점 시간에 대한 감각이 둔해지다가, 앞뒤가 없는 시간 속을 떠돌게 되고, 그러다 영원히 시간 속의 미아가 되는 것이 치매 환자들이었다.

모래는 초등학생처럼 방학 계획표를 짜라고 무해에게 말했다. 매일 일과를 노트에 적는 것이 치매에 도움이 된다고 했다. 모래는 그녀와 함께 빨래를 색깔별로, 종류별로 구분해서 개고, 음식을 같이 만들어 먹기도 하고, 고스톱을 치거나 화투로 운세를 떼어보기도 했다. 모래는 부엌과 거실, 방 안의 있는 모든 물건들을 정리했다. 오래되고, 사용하지 않는 물건들은 모두 버리고, 최소한의 물건들만 남겨두었다. 물건을 정리한 이유는 그녀가 물건을 쉽게 찾을 수 있게 하기 위해서였다. 기억하지 못하는 사물들은 치매 환자를 공격한다. 공격받은 치매 환자는 사물의 가장자리 세계로 내몰린다. 그럼으로써 일상의 모든 디테일들은 사라지며, 결국 무기력한 육체만 남는다. 모래는 아이들 훈육할 때 쓰는 '생각하는 의자'도 인터넷에서 주문했다. 되도록 오래 앉아 있어도 불편함 없이 편하게 생각할 수 있는 1인용 의자로 골랐다. 생각하는 의자를 주문하게 된 이유는 그녀가 무리하게 현실에 매달리지 않게 마음을 가다듬는 연습을 하기 위해서였다. 치매 관련 서적에 의하면 치매 환자들은 기억을 잃어간다는 불안감에 시달리고, 그 불안감을 이기지 못해 현실에 강박적으로 매달리는 경향이 있다고 했다. 그렇게 되면 오히려 스트레스로 기억력이 더 저하되고 사물을 구분하는 능력이 현저하게 떨어져서 현실감각이 빠르게 나빠질 수 있다고 했다.

인간에게 현실은 사물이 아니라 '의미'이기 때문에 현실감각을 잃는다는 것은 평생 관성처럼 지녀온 시간에 대한 의미를 잃는 것과 같았다. 치매 환자들이 사물을 구분하는 능력보다 더 빨리 잊게 되는 것은 사물에 깃들어 있는 '의미'였다. 결국 인간은 '의미'를 잃어버릴 때 가장 큰 불안을 느낀다는 것이다. 그러므로 '의미'를 잃는다는 것은 인간의 모든 것을 잃는다는 뜻이었다. 치매 말기에 이르면 환자는 몸을 움직이지 않고, 식물인간 형태로 죽어갔다. '의미'를 잃어버리면, 인간은 몸을 움직이지 않는 걸까?

생각하는 의자는 치매 교과서에서 권장하는 방법이었다. 하지만 무해는 유독 생각하는 의자에 대해서는 강한 거부감을 나타냈다. 모래는 치매 환자에게 좋다는 모든 것을 다 하고 싶었다. 무해는 '생각하는 의자'를 제외하고 다른 모든 것들은 다행히도 거부감 없이 잘 따라주었다.

무해는 거짓말을 하고 있다.

억울하지 않다는 말인가?

무해는 어떤 두려운 순간에 대해 마음과 정반대되는 말을 해서 그 반동에서 얻은 에너지로 버티고 있었다. 모래는 그녀의 말을 가만히 듣고 있었다. 그녀의 말은 학습한 앵무새의 말처럼 들렸고, 그렇게 말하는 그녀의 눈동자는 텅 비어 있었다. 얼마 전 모래는 무해에게 왜 이런 벌을 받아야 하느냐고 무심코 물은 적이 있었다.

종일 비가 온다던 기상청의 예보는 빗나갔다. 무해가 잠에서 깨어날 때쯤, 날씨는 말짱하게 개어 있었다. 그녀는 베란다에 쏟아지는 햇빛을 보고 즐거워했다. 그녀는 빨래가 잘 마르는 날씨를 좋아했다. 쨍한 햇빛과 적당한 바람. 눈부신 햇빛이 그녀의 연약한 눈꺼풀에 스며들었다. 해가 떠오를 때처럼 그녀의 눈꺼풀은 불그스레한 빛으로 물들었다.

오전 내내 잠에 빠져 있었던 무해를 보고 모래는 불안했다. 평소 그녀의 습관이 아니었다. 그녀는 낮잠을 자는 사람이 아니었다. 그녀는 군인 같은 사람이었다. 그녀는 규칙적인 일상을 매우 좋아했다. 하다못해 영양제도 매 끼니마다 정확한 시간에 챙겨 먹는 것을 좋아했다. 그녀는 규칙적인 습관이 내면의 삶을 치유하는 데 효과가 있고, 계획된 일상만이 자신을 안전하게 지켜준다고 생각했다. 규칙이 무너지거나 계획에서 벗어나면 그녀는 불안해하거나 분노했다.

모래는 매번 새롭게 하나씩 생기는 무해의 습관을 통해 그녀가 조금씩 병에 종속되어가는 모습을 초조하게 지켜보았다. 그렇게 그녀의 모습을 따라가다 보면, 결국 도착하는 곳은 세상에서 가장 불길하고, 의심조차 할 수 없는 완벽한 병의 확신 속이었다.

무해는 일어나자마자 "점심때는 우리 모래한테 인조 고기밥을 만들어 먹여야겠다"라고 말하면서 모처럼 들뜬 모습을 보였다. 그녀는 콧노래를 부르기도 했다. 그녀의 기분은 조울증 환자처럼 자주 오르락내리락했다. 이른 아침부터 집으로 찾아온 영주는 불안한 눈빛으로 그녀를 바라보았다. "그래 인조 고기밥이 뭔지는 몰라도 한번 먹어보자. 오랜만에 네가 해주는 요리를 먹어보는구나." 영주는 그녀의 기분에 장단을 맞췄다. 영주는 매일 집에 와서 그녀와 시간을 함께 보냈다. 오전 내내 그녀가 자는 사이 영주는 모래에게 여러 가지 조언을 했다. 영주의 걱정은 무해가 하는 걱정들과 똑같았다. 치매라는 병을 함께 나눠 등에 짊어지고 갈 가족 걱정. 모래는 영주의 말을 듣는 둥 마는 둥 했다. 모래는 아직 그녀의 병을 인식하고, 받아들이는 것조차 힘겨운 상황이었다.

모래의 초등학교 4학년, 그해 여름이 얼마 남지 않았을 때 성당에서는 공사를 하고 있었다. 요한나 선생님은 여름 성경 학교를 위해 강당을 짓는다고 말했다. 성당 마당에는 레미콘이 있었고, 시멘트가 쌓여 있었다. 그 때문에 모래와 준영이가 놀 수 있는 공간이 줄어들었다. 그날 저녁 무렵, 모래는 풀이 우거진 성당 뒤편에서 준영이를 찾고 있었다. 모래는 건물 모서리에서 여름이 끝나가고 있다는 생각을 했다. 서늘해서 소름이 돋았다. 그때 레미콘 주변에서 사람들이 웅성거렸다. 아저씨 몇 명이 그곳에서 뭔가를 하고 있었다. 신부님이 오셨고, 요한나 선생님, 수녀님, 동네 어른들이 몰려들었다. 주인을 알 수 없는 목소리가 소리를 질렀다. "아이가 레미콘 배합기 흡입구 쪽으로 빨려들어 간 것 같아." 누군가 시멘트 더미 속에서 한 아이를 끄집어냈다. 신부님이 아이의 얼굴에 묻은 시멘트를 손바닥으로 닦아냈다. 머리카락은 시멘트가 묻어 은발이었고, 콧구멍과 귓구멍에는 시멘트가 잔뜩 끼어 있었다. 준영이었다. 119 구급대가 달려왔고, 준영이와 엄마는 119 구급차를 타고 현장을 떠났다. 사건 현장에서 그 모든 과정을 준영이의 동생 다섯 살 준혁이가 지켜보고 있었다. 무해는 준영이의 엄마를 안아줄 수가 없어서 대신 준혁이를 꼭 안았다. 모래는 죽은 준영이를 안아줄 수가 없어서 대신 준혁이를 꼭 안았다. 그래서 무해와 모래는 번갈아 가며 준혁이를 안아주었다. 그때 그녀와 모래가 준혁이에게 했던 일을 지금 영주가 그녀들에게 해주고 있었다.

이렇게 세 사람이 마주 앉아 있을 때면 무해는 베란다 창문 저편의 풍경을 조용히 바라보고 있었고, 영주는 그런 그녀의 뒷모습을 시야에 확보한 채, 거실의 나무를 쳐다보고 있었으며, 모래는 두 사람 사이에 오가는 감정의 어느 교차 지점쯤에 시선을 두고 있었다. 어느 누구도 "괜찮아질 거야"라는 말을 하지 않았다. 그것은 너무 확실한 현실적인 낙담 때문이었을 것이다.

모래는 영주와 함께 무해를 도와 인조 고기밥을 만들었다. 이북 음식을 해 먹을 때 무해의 표정은 가장 밝았다. 태어난 땅에서 거둬들인 재료로 요리한 음식을 먹는 일은, 단지 배를 채우기만 하는 일은 아니라고 무해는 말했다. 또 그녀는 그 음식에 대한 감각은 몸속으로 천천히 스며들어 어떤 기억을 문신처럼 새기고, 새겨진 그 기억은 특별한 감정을 만든다고 말했다.

얼마 전, 무해는 콩에서 기름을 짜내고 남은 찌꺼기인 콩깻묵을 밀대로 얇게 밀어서 건조시켰다. 바짝 마른 콩깻묵은 옅은 갈색을 띠었다. 건조시킨 콩깻묵의 식감은 고기와 비슷하다고 그녀는 말했다. 콩으로 고기를 만들었다 해서 음식 이름이 인조 고기라고 그녀는 설명했다.

"그러니까 고기를 먹고 싶은데 먹을 수가 없어서 색깔과 식감을 고기와 비슷하게 만든 것이 인조고긴 거네."

모래의 말에 무해는 고개를 끄덕였다. 사실, 아무리 봐도 고기와 비슷해 보이지는 않았다.

모래는 인조 고기를 한 뼘 크기로 자르고, 건조된 인조 고기를 다시 삼십 분 정도 물에 불려 야들야들하게 만들었다. 영주가 인조 고기 측면에 칼집을 냈다. 인조 고기밥을 만드는 과정에서 가장 어려운 부분이었다. 인조 고기는 유부처럼 얇았다. 그녀는 고슬고슬하게 지어놓은 밥에 참깨와 소금으로 간을 했다. 그녀는 한 숟가락 분량의 밥을 손으로 조물조물 주물러서 칼집을 낸 인조 고기 안으로 집어넣었다. 모래는 손가락에 밥알이 붙어 애를 먹었다. 무해는 모래에게 손가락에 참기름을 바르면서 하라고 말했다. 그녀는 이제 양념장만 만들면 요리가 끝난다고 했다. 인조 고기만 미리 건조시켜 만들어놓으면 인조 고기밥은 비교적 간단하게 해 먹을 수 있는 요리였다. 그녀는 프라이팬에 기름을 넣어 잘게 다진 쪽파를 볶았다. 그녀는 파의 향이 기름에 번져야 된다고 말했다. 가스 불을 끄고, 기름에 볶은 파에 고춧가루, 소금, 다진 마늘, 설탕을 넣었다. 이제 그녀가 만든 양념장을 인조 고기밥 위에 얹어서 먹기만 하면 되었다.

무해는 인조 고기밥은 대기근이 일어났을 때 자연스럽게 생겨난 길거리 음식이라고 말했다. 그러니까, 어찌 보면 인조 고기밥은 그 시절의 잔혹사였던 것이다. 대기근은 단 한 사람의 지나친 낙관주의와 황당한 상상력에서 비롯되었다고 그녀는 말했다. 그러면서 그녀는 경제위기가 닥치면 위기가 나타나는 현상은 나라마다 각기 다르다고도 말했다. 대기근과 홍수는 고리대금과 밀수를 창궐하게 만들었다. 그때 그녀는 국가가 실종될 수도 있구나, 하는 것을 처음 알았다. 그 공포감은 어마어마했었다고 그녀는 회상했다. 수백만 명이 죽어 나갔다.

국가가 위태로운데 왜 위인은 나타나지 않는 것일까?

그 시절 무해는 그런 의문이 들었다고 말했다. 위인전을 보면 위인은 항상 나라가 위태로울 때마다 나타났다. 동네 밀수꾼 아저씨는 그녀에게 "위인은 모두 옛날 사람이고, 현대는 위인이 나타나는 시기가 아니다"라고 말했다. 지금 시대의 위인전은 현실에서는 존재하지 않고 단지, 아이들의 상상력을 자극하는 동화가 되었다고 그녀는 말했다.

무해의 어머니는 압록강으로 물을 길러 갈 때나 빨래를 하러 갈 때 그녀를 늘 데리고 다녔다. 그녀는 창바이의 풍경과 음식 냄새로 그곳의 권능을 일찌감치 알아챘다. 그리고 그것에서 배운 것은 열패감이었다. 그녀는 그 시절의 국가는 돈주들의 나라,

고위 간부들의 천국이었다고 말했다. 돈주들과 관료들은 유착 관계이며 그들은 사기꾼 집단이라고 그녀는 모래에게 말했다. 그녀는 돈만 있으면 인민보안부 보안원의 직위도 살 수 있다고 도 덧붙여 말했다. 영양실조로 감정제대하는 병사들은 먹고살기 위해서 강도, 강간, 폭행을 저지르고 다녔고, 피해자들은 그들과 함께 지내온 이웃 주민들이었다고 그녀는 말했다. 그녀의 어머니는 압록강 건너편의 창바이를 바라보면서 사람이 돈으로 무엇을 할 수 있는지 그리고 사람이 돈에 어떻게 착취를 당하는지에 대해서 그녀에게 말해주었다. 그녀의 어머니는 착취를 당하지 않으려면 돈을 벌어야 하고, 돈을 벌려면 동기가 필요하고, 그 동기를 만들려면 분노가 필요하다고 말했다. 결국 착취를 당하지 않고 살려면 분노가 필요하다는 말이었다. 그녀의 어머니는 그 시절이 빨리 지나가기를 바랐고, 그녀가 금방 어른이 되기를 바랐다.

무해는 어머니가 늙어가는 것을 지켜보지 못했다. 그래서 그녀는 자신이 노인이 되는 모습을 상상하기 어려웠다. 늙어가는 부모를 지켜보지 못하거나 자신이 성장하는 것을 부모가 지켜보지 못한 채 살아온 사람들은 미래에 대한 확신과 낙관을 만들기 어렵다. 그런 사람들은 평생 무거운 불안을 머리에 이고 살며, 그 불안을 해소하기 위해 회의주의나 자기경멸에 빠지기 쉬웠다. 그녀가 최초로 기억하는 어머니는 젊은 모습이었다. 마지막 기억 속에 남아 있는 모습도 젊었다. 노년은 부모로부터 배운다. 늙음에 대해서 배우지 못한 사람은 인생에서 절정을 배울 수 없다. 늙음과 죽음을 배운 자만이 인생의 절정을 배울 수 있다.

무해는 어머니의 기대처럼 돈주가 되지 못했다. 대신 결혼과 함께 딸을 낳은 것으로 일부 기대에 부응했다. 그녀는 자신이 돌잔치 때 실타래를 잡았는데도 장수는 못할 것 같다고 희미하게 웃으며 말했다. 그녀의 어머니는 그녀의 돌 잔칫상에 지폐와 쌀, 실타래를 올려놓았다. 그녀가 살던 동네에서는 돌 잔칫상에 사탕 타래를 빙빙 돌려 쌓은 축탑과 떡으로 만든 축탑 두 개를 올려놓았다. 그녀의 어머니는 그녀가 지폐를 잡기 바랐다. 어머니의 바람과는 달리 그녀는 실타래를 잡았다. 모래는 돌잔치 때 연필을 잡았었다. 평범한 연필은 아니었다. 지폐를 돌돌 말아 붙인 연필이었다. 그녀는 모래의 모든 돌잡이 물건들에 지폐를 붙여놓았다. 무엇을 잡든 돈복이 따라붙게 했다. 모래가 지폐 달린 연필 이야기를 하자, 영주와 그녀는 웃음을 터뜨렸다.

무해는 인조 고기밥에 대해서 말했지만, 그것은 굶주림에 대한 이야기였으며 실종된 어머니에 대해서 말했지만, 그것도 역시 굶주림에 대한 이야기였다. 굶주림의 범위를 벗어나서는 그녀의 어머니도 인조 고기밥도, 그 어떤 것도 그 시절에 대해서 그리고 그 시절에 살았던 사람들에 대해서 제대로 말할 수가 없었다. 굶주림은 그 모든 것들의 뒷면에 붙은 이야기였다.

자신의 삶이 원치 않는 방향으로 흘러들어갔을 때 그리고 그 삶이 고통스러울 때 그 고통을 준 사람이 개인이 아니라 체제나 거대한 국가일 때, 힘없는 개인은 국가에 대한 분노를 자기 자신으로 돌린다는 사실을 무해는 뒤늦게 깨달았다. 분노의 대상으로 국가는 너무 거대했기 때문이었다. 세상에서 가장 쉬운 일은 자기 학대였다. 그녀는 자기 자신에 대해서 가혹할 정도로 엄격했다.

불평등의 사례가 필요할 때, 자본주의 체제의 우월성을 강조하고 싶을 때, 대기근을 목격한 산증인이 필요할 때, 가난을 상품으로 이용하고 소비해야 할 때, 사람들은 가난에 대한 이야기를 서로 빌려가고, 빌려오곤 했다. 그리고 그 이야기를 소비한 사람들은 다시 그 이야기를 유통하기 위해 치킨집으로 몰려가 맥주를 마시며 가난과 돈에 대한 이야기를 안주 삼았다. 언제나 안주가 되는 이야기들은 빈약했다. 완벽한 이야기는 경험한 자만이 가질 수 있었다. 무해는 그렇게 부실한 이야기의 주인공이 되었다.

인조 고기밥이 등장하면서 많은 사람들이 압록강을 건넜다. 그중 한국으로 가는 사람들은 삼 퍼센트밖에 되지 않았다. 한국으로 가는 사람들이 적은 이유는 따로 있었다. 압록강의 절반은 중국의 것이고, 나머지 절반은 북조선의 것이었다. 그 압록강에는 북조선과 중국의 이야기가 쌍둥이처럼 흐르고 있었다. 무해가 이제 말하려고 하는 이야기는 위험한 이야기라고 모래에게 말했다. 그러면서 그녀는 희미하게 웃었다. 사실, 안전한 장소에서 하는 위험한 이야기는 더는 위험한 이야기가 아니었다. 그 이야기는 압록강에 있을 때만 위험한 이야기였다. 북조선에서 압록강을 건넌다는 것은 조국을 배신하고 적국인 남조선으로 탈출하는 것으로 간주되었다. 북조선에서 가장 무서운 죄는 반역죄였다.

그 시절 압록강을 건너야 했던 무해는 어떻게 엄청난 일을 결정하고, 불안감을 견뎠을까. 모래는 궁금했다. 그녀는 유예,라고 모래에게 대답했다. 유예. 시간을 유예시키는 것. 그리고 희망과 행복을 잠시 유예시키는 것. 인간은 지금 당장 자신이 불행하다고 생각하면 견디기 어려웠다. 그녀는 살기 위해 그 모든 것을 유예,시켰다.

국경

풍경은 언제나 일상의 질서 속에 편입된다. 그리고 사람들은 풍경 속에서 언어를 배운다.

강 건너 창바이에서는 혜산을 호기심 어린 눈으로 바라보는 이들이 있었다. 그들은 혜산 주민들에게 이말 저말을 붙여보고 싶어 했다. 창바이에서는 혜산이 어떤 모습으로 보일까? 보천보 전투 승리기념탑에 세워진 화강석 깃발이 보일 것이고, 민둥산 아래의 혜산 시가지와 뙈기밭, 집집마다 세워져 있는 굴뚝들이 보일 것이다. 가장 가까운 곳에서는 압록강에서 빨래를 하고, 생활용수를 길어가는 주민들이 보일 것이다. 무해는 혜산의 강둑에 앉아 창바이 주민들이 보고 있을 풍경에 대해서 상상을 하곤 했다.

이번엔 무해가 강둑 위를 걸어가다 발걸음을 멈추고 창바이를 바라보았다. 중국 변방부대 군인들은 누런 개를 훈련시키고 있었고, 강가에 나온 일부 창바이 주민들은 혜산 목재소에서 일하는 주민들에게 수신호를 보냈다. 혜산의 고등중학교에 다니는 여학생들은 핀으로 앞머리를 걷어올리고, 강둑에 앉아 재잘거리며 다리를 흔들어댔고, 창바이 남학생들은 여학생들을 향해 휘파람을 휙휙 불었다. 그중 한 남학생은 양팔로 활시위를 당기는 시늉을 하며 한 여학생을 조준하여 화살을 쏘았다. 밤이 되면 검게 변하는 강물은 낮에는 쏟아지는 햇빛을 받아 번들거렸다. 번들거리는 강물 위를 보면 마치 투명한 물고기 떼들이 햇빛을 받아 반짝이며 떼를 지어 몰려오는 것 같았다. 낮에는 강가에서 상의를 벗은 채로 청년들이 수영이나 낚시를 하고, 해 질 녘엔 수줍은 처녀들이 슬그머니 강가로 나와 머리를 감았다. 누런 콧물을 달고 사는 개구쟁이 꼬마들은 겁도 없이 강을 건너가 창바이 주민들에게 밥을 얻어먹고 다니기도 했고, 농가 마당에서 말리고 있는 생콩을 씹어먹다가 토하기도 했으며, 주인 없는 밭에서 무 서리를 하기도 했다. 아이들은 강을 건너갔다 올 때마다 중국말 하나씩을 배워왔다. 대개 중국에서 북조선의 아이들을 가리켜 부르는 이름들이었다.

압록강 국경 지역에서는 가끔 총소리가 들리기도 했지만 비교적 평화로웠다. 곳곳에 널린 정치선전 구호들과 붉은 깃발들, 낡은 권위들이 혜산을 내려다보고 있었다. 사람들은 낡은 권위들이 질서를 만들고 일상을 안전하게 지켜준다고 믿었다. 신을 믿지 않는 사람들도 태양은 모든 곳에 공평하게 빛을 내리고 모든 사람들에게 주어진 하루는 공정하다는 믿음을 가지고 있었다. 공평함을 믿는 사람들의 하루는 치열하지 않았고, 주어진 일과에 순응했으며 결핍의 부피도 크게 느끼지 못했다. 사람들은 일상에 권태로움을 느꼈지만, 그 느낌이 바로 별일 없는 일상, 행복한 느낌이라고 확신했다. 사람들이 스스로 만드는 행복은 마치 생물학적인 채색과 비슷했다. 환경에 따라 자신의 색을 맞추는 동물의 보호색처럼.

강은 삶의 터전이었다. 사람들은 일출과 일몰에 맞추어 강으로 모였다가 흩어졌다. 무료배급에 무상교육, 당국에서 정해주는 직업, 단조로운 인생만큼 강가에서 나누는 사람들의 말들도 단조로웠다. 단조로운 말들은 멀리 가지 못했고, 제자리에서 맴돌았다. 경제위기와 대기근은 단조로운 일상을 더욱더 단조롭게 만들었다. 굶주림은 사람들의 뇌 속에 있는 행복한 감각들을 매일 야금야금 먹어치우며 불안의 영역을 넓혀갔다. 사람들은 지긋지긋한 굶주림의 권태에 지쳐갔다. 그 권태가 마지막 인내심에 흠집을 냈을 때, 그제야 생명의 위협을 느낀 사람들은 세상은 공평하지 않으며 권태로움은 더는 행복한 감정이 아니라고 생각하기 시작했다. 사람들은 고요한 일상을 스스로 방망이로 얼어붙은 강을 깨부수듯 깨고, 살기 위해 별일을 만들었다. 그러자 시간은 욕망의 속도만큼 빨라졌다.

밤이 되면 강가에서는 창바이의 불빛이 밝게 빛났다. 무해의 어머니는 예전 창바이는 불빛이 없었던 동네였다고 무해에게 말했다. 그녀는 궁금했다. 그간 창바이에서 일어났던 모든 일에 대해서. 창바이의 불빛은 갈수록 하나둘씩 늘어갔다. 저녁 무렵이면 하나에서 시작한 동그란 불빛이 꽃씨처럼 밤하늘에 번져 갔다. 한쪽이 너무 어두웠기 때문에 창바이의 불빛은 북극성처럼 유난히 반짝였다. 그곳에서는 늘 꿈틀거리는 생명력이 느껴 졌고, 시끌벅적한 장터를 떠올리게 했다. 그런 상상이 들 때마다 그녀는 무언가 자꾸 말하고 싶어졌다. 저 불빛 아래에서 사는 사 람들은 어떤 일상을 살아가고 있을까? 그들의 웃음소리가 불빛 을 타고 강을 건너왔다. 바람이 불면 불고기나 만두, 볶음국수 같은 음식 냄새도 강을 건너왔다. 그 음식 냄새들은 바람이 지나 간 후에도 흔적을 남겼다. 그 흔적들은 도시 안으로 흘러들어가 소문을 만들었다. 그 소문들은 사람들의 신념을 부재하게 만들 었고, 신념이 사라진 사람들은 모두 강가로 몰려들었다.

양강도 혜산시는 좁은 압록강을 사이에 두고 중국 창바이와 마주 보고 있는 국경도시였다. 두 도시는 낮 동안 서로 견제를 하다가 밤이 되면 한동네로 변했다. 밤마다 밀수업자, 군인들이 압록강을 넘고, 또 넘어갔다.

밤마다 압록강은 검은 강으로 변했다.

국경 지역의 밤 풍경,

검은 강, 검은 공기, 검은 나무, 검은 사람들……

창바이의 불빛은 혜산의 깊은 곳까지 닿지 않았다. 어두움 속 에 묻힌 혜산은 마치 침묵하고 있는 것처럼 보였고, 반짝이는 창 바이 쪽은 말을 하는 것처럼 보였다. 낮에는 압록강이 두 도시를 격리했지만, 밤에는 불빛이 두 도시를 격리했다. 혜산은 낮에도 고요했다. 고요함 속에는 사람들의 특별한 감정이 섞여 있지 않왔고, 그러므로 혜산은 창바이 주민들에게 별다른 인상도 남기지 않았을 것이다. 항상 인상을 많이 남기는 쪽은 침묵하는 사람보다 말을 많이 하는 사람 쪽이었다.

하지만 압록강은 새벽이 되면 활기를 띠었다. 어둠이 짙어지면, 검은 사람들은 검은 물고기가 되어 검은 강을 건넜다. 주로 중국과 거래를 하는 밀수꾼들이었다. 새벽 3시가 되면 밀수꾼들은 압록강으로 몰려들었다. 그들은 타이어 튜브 위에 널빤지를 올려 '밀수 뗏목'을 만들었다. 밀수꾼들은 한 손으로 밀수 뗏목을 밀고, 다른 한 손으로는 신발로 강물을 저으며 검은 강을 건넜다. 약재, 광물, 담배, 인삼, 토끼 가죽이 검은 강을 건넜다. 가끔은 살아 있는 큰 개와 돼지들도 강을 건너갔다. 외화벌이를 위한 불법 도강이었다. 압록강에 비가 내려 강 수위가 높아지면 국경 경비가 느슨해졌다. 그때 밀수는 더욱 활발하게 일어났다. 국경 연선 주민들은 중국 런민비를 받고 밀수꾼들의 짐을 중국까지 운반해주는 일을 하기도 했다. 예전에 용범이는 역사를 뒤바꾼 사람들은 바로 밀수꾼들이라고 말했다. 그러면서 그들은 억울하게 역사의 기록에서 생략되었다고 말했다.

밀수가 성행하면서 중국에 일자리를 알선하는 브로커들이 생겨나고, 그들은 혜산의 인부를 데리고 밤마다 도강을 했다. 중국에서는 경제가 성장하면서 힘든 일을 기피하는 현상이 일어났다. 중국은 부족한 노동력을 확보하기 위해 북조선의 인력을 적극적으로 활용하기 시작했다. 북조선 노동자들은 일손이 부족한 중국의 농촌에서 없어서는 안 될 귀한 존재가 되었다. 도시보다 감독관의 손길이 덜 미치는 농촌은 혜산의 주민들에게는 비교적 안전한 일자리였다. 특히 가을철에는 중국 사람들의 일손을 돕기 위해 혜산의 인부들이 도강을 많이 했다. 그들은 봄철에는 콩 농사와 옥수수 농사일을 돕고, 가축을 돌보며, 가을에는 가을걷이까지 해주고 혜산으로 돌아왔다. 그렇게 세 계절을 보내고 오면 일 년은 먹고살 만한 돈이 생겼다.

혜산의 주민들은 소속된 공장이나 기업소에 중국 런민비를 뇌물로 바치고, 몰래 노력 동원에서 빠져나와 중국으로 일을 하러 갔다. 혜산에서는 뇌물이면 안 되는 일이 없었다. 무해의 아버지도 중국에 물건을 내다팔기 위해 자주 압록강을 건넜다. 처음에는 국경 경비대의 눈을 피해 암암리에 진행되던 밀수가 '고난의 행군' 시작과 함께 대대적으로 증가했다. 밀수꾼이 늘어나면서 주민과 국경 경비대원들 사이에는 돈거래가 성행했다. 중국과의 밀수를 눈감아주는 대가로 밀수꾼은 군인들에게 커버비를 지급했다. 처음에는 국경 경비대원들에게 한 끼 음식을 대접하거나 술 한 병, 담배 한 갑으로 거래를 시작했는데 나중에는 밀수 짐에 따라 값이 정해지기 시작했다.

압록강 국경 지역에는 '절반주의'라는 생존 법칙이 있었다. 금처럼 작고 값어치가 나가는 밀수품은 이익금의 절반을 국경 경비대원들에게 줘야 했다. 값어치가 나가지 않는 밀수품이라도 단속에 걸리면 보위부원들에게 절반은 바쳐야 나머지 절반을 찾을 수 있었다. 어떻게 보면 국경 경비대가 혜산의 주민들을 이용해서 밀수를 하는 경우라고도 말할 수 있었다.

기록에도 없는 밀수.

당국은 밀수꾼들이 혁명세력이 될 수 있다고 생각하기 때문에 그들을 위험인물로 분류했다. 하지만 그들이 국가 경제에 이바지하는 영향력은 절대적이어서 당국은 당근과 채찍의 수위를 조절하느라 고심했다. 당국에서 진짜 무서워하는 것은 그들이 중국 도시들에서 흘러 다니는 노래들을 입에 물고 들어와 연애 소문처럼 퍼뜨리는 일이었다.

낮에 본 강은 여백 같았다. 본문 없는 여백.

낮에 보는 강은 여백의 풍경으로 밀려나지만, 사람이 밤에 강을 건너면 그곳은 사건 장소가 되고, 사건을 둘러싼 긴장이 강 위에 절정으로 흘렀다.

무해의 아버지도 비가 많이 내린 날 도강을 했다. 비가 내려 강이 둥근 보풀처럼 부풀어오르면 경비가 느슨해졌고, 그 덕분에 국경 경비대원들에게 바치는 커버비를 아낄 수 있었다. 그해 비가 많이 내린 어느 날이었다. 압록강 물속이 들여다볼 수 없을 정도로 탁한 흙탕물로 바뀌었다. 강물은 살아 있는 용처럼 굽이 굽이 흘렀다. 압록강은 그의 목까지 차올랐다. 그는 거센 물살을 발끝으로 간신히 버티면서 강을 건넜다. 위험한 줄 알면서도 다른 방법이 없었기 때문에 그는 두렵지도 않았을 것이다. 그는 고철 사십 킬로그램을 어깨에 메고 압록강을 건넜다. 그러나 거센 물살에 비하면 팔십 킬로그램이 넘는 그의 몸은 허깨비처럼 가벼웠다. 그는 비명을 지를 사이도 없이 급류에 휘말려 떠내려갔다. 그의 시신은 찾지 못했다. 사람들은 그의 죽음을 두고, 산 넘기를 좋아하는 사람은 산에서, 강 건너기를 좋아하는 사람은 강에서 죽는 거라고 말했다. 살기 위해 목숨을 걸고 강을 건넜던 일에 대해서 사람들은 그렇게 말했다. 언제나 쉽게 말해지는 것들에는 삶에 중요한 무언가를 은폐하려는 음모가 숨어 있기 마련이었다.

무해의 아버지가 생존하기 위해 수없이 건넜고, 결국 그를 집어삼켜버린 그 검은 강을 무해는 오늘 새벽에 건너야 했다. 그녀는 뒤돌아보지 않고 집을 나섰다. 그녀는 컴컴한 밤인데도 행여 그림자가 밟힐까봐 두려움에 떨었다. 그렇게 수많은 사람들이 쉽게 건넜던 강이었지만, 그녀는 아버지를 잃었던 경험 때문인지 한 발 한 발 발을 떼기가 쉽지 않았다. 그녀는 창바이에서 흘러나오던 불빛을 가슴 한가운데에 깃발처럼 세워놓았다. 그녀는 그 불빛을 자주 들여다보았다. 망망대해에 점 하나 없다면, 선장은 공간을 인식하기 힘들어 방향감각을 잃을 수 있었다. 표류하지 않으려면, 그녀는 마음속에 등대 하나를 만들어야 했다. 그녀는 자꾸 흩어지려는 감정을 하나로 모으려 애썼다.

강둑으로 가려면 집에서 곧장 갈 수도 있었다. 하지만 그렇게 가려면 마을을 가로질러야만 했다. 마을에는 보위부원들이 심어놓은 첩자들이 있어 위험했다. 무해는 누구도 믿을 수가 없었다. 친구가 첩자일 수도 있었다. 경제가 무너지자 인심은 흉흉해졌다. 도시는 예전에 살던 곳이 아니었다. 도시를 만드는 건 건축물이 아니라 인심이었다. 그녀는 할 수 없이 산으로 에둘러 가야 했다.

누구라도 한밤중에 산속에 들어오면 영혼이 존재한다는 것을 믿게 된다. 그리고 인간들과 그들이 얼마나 긴밀하게 공존하고 있는지도 알게 된다. 산속의 밤은 어두운 만큼 고요했다. 고요한 만큼 소리는 생생하게 되살아났다. 낮에 떠돌아다녔던 소음은 밤이 되면 사물에 꼼짝없이 붙잡혀 수백 가지의 소리로 쪼개졌다. 살면서 목격했던 수많은 장면들이 소리에 달라붙어 상상력을 증폭시켰다. 나뭇잎들끼리 서로 살을 비비는 소리, 숲속 침입자에 의해 나뭇가지가 꺾이는 소리. 맹수처럼 사람을 공격하는 육식식물, 사람의 발소리를 흉내내는 바람 소리. 무해는 경기를 일으키듯 온몸을 떨었다.

아직 되돌아갈 수는 있었다. 인생을 다시 선택할 기회가 있었다. 무해는 잠시 흔들렸다. 하지만 집을 등지고 나오면서 다짐했던 그 마음을 다시 생각했다. 특히 굶주렸을 때 들었던 생각들을 떠올렸다. 음식 냄새에 대한 혐오감이 일어나는데도 끊임없이 음식물로 배를 채우고 싶은 욕구가 환각처럼 일어났다. 자신이 짐승처럼 굴 때 그 순간, 그녀는 인간이 염치가 없어진다는 게 무엇인지를 알게 되었다. 그때의 생각을 떠올리자 다시 결심이 굳어지는 것 같았다. 되돌아가봤자 자신의 이름을 불러줄 사람도 이미 혜산에는 없었다. 아버지도 어머니도 용범이도 모두 사라졌다. 가족 중 단 한 명이라도 혜산에 있었다면 그녀는 검은 강을 건널 생각조차 하지 않았을 것이다.

무해는 때로는 살아야 한다는 의지가 구차스럽다고 생각했다. 중국으로 도망친다는 것은 부끄러웠다. 하지만 그녀는 실종된 어머니를 찾아야 했다. 생각은 나중에 할 것이다. 그녀는 모든 생각을 유예시켰다. 압록강을 건너 자신을 중국 창바이 대방에게 연결해줄 혜산의 브로커는 그녀에게 이렇게 말했다. "생각하지 마십시오. 생각하면 강을 건너지 못합니다. 생각하지 말고 강을 건너야 합니다."

무해의 어머니는 매년 9월이면 머루주를 담갔다. 머루주는 백일이 지나면 열매가 밑으로 가라앉고 홍자색이 되었다. 날씨가 추워지기 전에 무해의 외할아버지와 외할머니는 머루주를 마시러 길주에서 기차를 타고 혜산에 오곤 했다. 무해가 다섯 살이 되던 그해에도 어머니는 머루주를 담갔다. 어느 날, 그녀의 어머니와 아버지는 그녀의 외할아버지와 외할머니를 맞이할 준비로 바빴다. 그녀는 마당에 있는 양식 창고에서 예쁜 자홍색의 머루주를 발견하고, 조롱박 바가지로 홀짝홀짝 마셨다. 그날 그 사건으로 자홍색의 머루주는 유아기의 정점을 찍어버렸다.

무해의 아버지는 양식 창고에 들어왔다가 쓰러져 있는 무해를 발견했다. 그는 호흡을 제대로 하지 못하고 있는 그녀를 등에 업고 산으로 뛰어갔다. 인민병원은 산 너머에 있었다.

어느 날 무해는 아버지에게 산을 넘을 때 "무해야, 죽지 마!"라고 말한 적이 있었느냐고 물었다. 그는 너는 그때 의식을 잃고 죽어가고 있었는데 그 말을 어떻게 기억하느냐고 말했다. 그녀는 너무 어려서 머루주를 마신 사건조차도 기억하지 못했다. 그런데도 11월, 바람이 많이 부는 날은 그가 했던 그 말이 아무런 이유도 없이 떠올랐다.

아마도 무해의 아버지는 "무해야, 죽지 마!"라는 말을 수없이 반복했을 것이다. 말은 수없이 반복하면 노래가 된다. 노래는 말보다 멀리 가고, 오래 남는다. 무해는 아버지의 따뜻한 등에서 아버지가 부르는 간절한 노래를 들었다. 그 이후, 자홍색 머루주와 아버지의 노래는 언제든, 어디서든, 그녀를 따라다녔다. 개가 죽어서 같이 따라 죽고 싶을 때도, 사랑하는 사람이 다시 되돌아오지 않겠다고 말했을 때도, 어떤 오해를 전혀 풀 수 없겠다는 절대적 절망감에 빠져 있을 때도.

이 산에는 아직도 아버지의 노래가 안전하게 보존되어 있었다. 그 산을 지금 무해가 넘고 있었다. 아버지의 노래를 들으면서.

강둑에서 만나기로 약속한 혜산의 브로커는 뇌물로 국경 경비대 소속 군인들을 매수했다고 무해에게 말했다. 그녀는 안전하게 도강을 하기 위해 브로커를 끼고 강을 건너기로 했다.

무해는 강둑에 도착했다. 주변은 낯익은 풍경들이었다. 무해는 압록강에서 하루를 시작하던 어머니가 생각났다. 압록강은 혜산 사람들에게 생명의 물을 공급하는 강이기도 했다. 당국은 명절이 되어야만 수도 공급을 했다. 그런 사정 탓에 주민들은 식수를 강에서 길어다 먹었다. 그녀의 어머니는 이른 새벽부터 물을 길었다. 겨울에는 빨랫방망이로 얼음을 두드려 깨 물을 길었다. 강가에는 어머니가 숱하게 흘리고 간 그림자가 유령처럼 곳곳에 서 있었다. 그녀는 어머니를 닮은 그림자에게 말했다. 강을 무사히 건너가게 해달라고.

강둑 너머의 압록강 쪽에서 바람이 쉭쉭 소리를 내며 불어왔다. 무해는 눈을 가늘게 뜨고 주위를 조심스럽게 둘러봤다. 아무래도 뭔가 일이 잘못된 것 같았다. 어쩌면 브로커는 오다가 체포조를 만났을지도 모른다. 브로커는 고문 끝에 압록강을 건너기로 한 사람들의 이름을 불었을지도 모른다. 그녀는 두려움을 떨쳐내기 위해 마음속으로 노래를 불렀다.

'사나운 폭풍도 쳐 몰아내고 신념을 안겨준 당신, 당신이 없으면 우리도 없고 당신이 없으면 조국도 없다. 미래도 희망도 다 맡아주는 민족의 운명인 당신, 당신이 없으면 우리도 없고 당신이 없으면 조국도 없다. 세상이 열백 번 변한다 해도 인민은 믿는다. 당신이 없으면 우리도 없고 당신이 없으면 조국도 없다.'

멀리서 개의 긴 울음 소리가 들려왔다.

강을 건넌 무해는 김 씨를 따라 창바이의 한 마을로 들어갔다. 일제히 개들이 짖어대기 시작했다. 가깝게 들리는 개 짖는 소리도 있었고, 먼 곳에서 들려오는 개 짖는 소리도 있었다. 들쑥날쑥한 소리들은 이 동네가 얼마나 넓은 동네인지 상상할 수 있게 했다. 날은 서서히 밝고 있었다. 평평하고 탁 트인 논밭 경계선에는 검은 전봇대와 나무들이 서 있었다. 민가는 몇 채 안 보였다. 그녀는 이렇게 넓은 논과 밭을 누가 농사 지을까 궁금했다. 혜산 강둑에서 바라보며 늘 부러워했었던 창바이였다. 푸른 이

끼를 덮어씌운 것 같은 산자락 밑에 익명으로 숨은 듯이 민가들이 자리 잡고 있었다. 민가들 사이사이로 포장된 길이 하얗게 보였다. 시골길까지 시멘트로 포장되었다는 점이 그녀의 눈에는 신기하게 보였다. 평평하고 반듯하게 잘 발라놓은 길이었다. 그녀는 강을 함께 건넌 일행들과 함께 한 시간 동안 포장길을 걸었다. 어느새 산자락은 푸르스름한 기운을 잃고 하얘졌다. 아침 햇살에 눈이 부셨다.

김 씨는 하얀 페인트가 벗겨진 낡은 집으로 무해와 일행들을 안내했다. 마당에 오래된 나무로 울타리를 쳐놓은 집이었다. 아까부터 일행들이 오는 것을 지켜보고 있었는지 문을 두드리기도 전에, 집 안에서 문을 열고 한 사람이 나왔다. 무릎이 나온 바지와 빛바랜 검은 점퍼를 입은 노인이었다. 김 씨는 일행들에게 집 안으로 들어가라고 손짓을 했다. 사전에 노인과 김 씨 사이에는 말이 오고 간 듯했다. 노인은 지루하게 긴 시간을 기다리고 있었다는 듯한 표정을 짓고 있었다.

일행 중 젊은 여자가 마당을 지나가며 뭔가 가리켰다. 누런 개였다.

"요기소는 개도 입쌀밥 먹네?"

젊은 여자는 놀란 듯이 입을 벌렸다.

젊은 여자가 말한 대로 개밥 그릇에 입쌀밥과 고기가 있었다. 늙은 개는 입맛이 없는지 개밥을 반쯤 남긴 채, 땅바닥에 배를 대고 엎드려 있었다.

"야, 개가 입쌀밥과 고기를 안 먹다니…… 개가 시건방지다야."

"안 먹는 게 아니라, 느리게 쉬엄쉬엄 먹는 게 아니겠습니까? 여긴 중국 아닙니까? 중국은 원래 만만디이니 개도 사람 따라 만만디 아니겠습니까?"

만만디, 라는 무해의 말에 젊은 여자는 고개를 끄덕였다.

밖은 이미 하얗게 날이 샜는데도 방 안은 다소 어두워 조명을 켜고 있었다. 무해는 한쪽 구석에 자리를 잡고 앉았다. 비로소 그녀는 함께 강을 건넌 일행들의 얼굴을 자세히 볼 수 있었다. 다들 한시름 놓았다는 듯한 표정을 짓고 있었다. 방 안의 따뜻한 공기에 일행들의 볼은 빨갛게 달아올라 있었다. 어린 남매도 긴장이 다소 풀렸는지 엄마의 양팔에서 벗어나 자기들끼리 발장난을 하고 있었다.

무해는 김 씨와 노인이 밖에서 이야기하는 동안 방 안을 천천히 훑어보았다. 방바닥의 절반은 나머지 절반보다 높이가 높았다. 방이 마치 이 층 계단처럼 되어 있었다. 방 전체를 데우는 방식이 아니라 부분만 데우는 쪽구들이었다. 창바이 농촌에서는 아직도 고구려의 쪽구들 전통이 그대로 이어져 내려오고 있었다.

노인이 찐 감자와 삶은 달걀을 쟁반에 받쳐 내오자, 각자 벽하나씩을 잡고 등을 기대고 있었던 일행들이 쟁반 주위로 몰려들었다. 무해는 삶은 달걀부터 집어들었다. 감자와 삶은 달걀로 배를 채우자 이제 좀 살 것 같았다. 늘 그렇듯, 정신없이 남에게 빼앗길세라 배가 터지도록 먹고 나면, 마치 인간의 염치를 잃어버린 것처럼 부끄러워졌다. 그녀는 벽에 등을 기대고 비스듬히

앉았다. 긴장감이 풀렸는지 금방이라도 잠에 빠질 것만 같았다. 두 남매는 벌써 잠들어 있었다. 그녀는 자지 않으려고 눈에 힘을 주고 방바닥을 노려보았다. 그녀의 다친 다리를 언제 눈여겨보았는지 노인은 아까징끼와 거즈 면을 그녀에게 갖다주었다. 그녀는 거즈 면에 아까징끼를 묻혀 다리의 상처를 닦아냈다.

인생은 상상과 경험 사이에서, 그리고 확신과 의문 사이에서, 쇠구슬처럼 굴러다니며, 방향에 영향을 줄 요인을 기다린다. 그것은 뜻밖의 행운일 수도, 불운일 수도 있었다.

밖에 누군가가 도착했다.

엄마만의 방

부엌에는 엄마의 형상과 모성의 흔적들이 있다. 가족이 부재 중일 때는 집 안 곳곳의 사물에서 모성의 흔적들이 발견된다. 보호하고 돌보는 모성은 사물에도 어김없이 대입된다. 그래서 자식을 낳고 길렀던 집은 모성으로 지은 집이 되고, 또 다른 엄마의 자궁이 된다.

이른 아침, 모래는 밖에서 나는 소리에 잠에서 깼다. 소리는 부엌 쪽에서 들려왔다. 시계를 보니 다섯 시였다. 일어나기에는 아직 이른 시간이었다. 무해는 밤새 잠을 설친 듯했다. 새벽녘엔 악몽을 꾸는지 그녀의 잠꼬대가 방에까지 들려왔다. 초로기 치매 진단을 받은 후, 그녀는 하루도 맘이 편할 날이 없었을 것이다. 특히 그녀는 요즘 국경지대에서 있었던 일들이 자주 생각나는 모양이었다. 생각하는 것만으로도 하루가 고되었는지 그녀는 눕자마자 바로 잠 속으로 떨어지곤 했다. 잠자는 그녀의 모습을 보고 있으면 그녀의 눈꺼풀이 파르르 떨리고 주먹은 꼭 쥐어져 있다는 것을 알 수 있었다. 요즘 그녀는 외줄 타기를 하는 공중곡예사 같았다. 옅은 바람이 조금만 방향을 바꾸어도 어린 나뭇잎처럼 그녀는 휘청거렸다. 그 어느 때보다 삶에 대한 집중력은 높았지만, 대신 그녀는 빠르게 지쳐갔다. 모래도 매일 맞이하는 낯선 일상에 서서히 탈진해가고 있었다. 모래는 일상의 상투성, 예측 가능한 지루함, 게으른 하루가 오히려 그리워졌다.

예전 같으면 모래는 무해의 코 고는 소리, 잠꼬대하는 소리를 전혀 듣지 못했을 것이다. 모래는 한번 잠들면 누가 업어가도 모를 정도로 잠을 깊게 잤다. 하지만 이제는 특별한 소음이 없어도 새벽녘에 여러 번 잠에서 깼다. 모래는 밤새 묵주기도 20단을 바쳤다. 모래는 묵주 한 알 한 알을 지문으로 쓰다듬으며 "행복했던 기억의 주인은 엄마이니 제발 기억을 빼앗아가지 마시고, 한번만 기회를 더 주신다면 평생 내 몸을 써서 은혜를 갚으며 살겠다"라고 기도했다. 그러다가 순간, 정당한 권리를 누구한테 구걸하나 싶어 분노가 치밀기도 했다.

모래는 무해와 함께 해야 할 일들이 많았다. 대학 졸업식 때 그녀에게 학사모를 씌우고 사진도 찍어야 하고, 그녀와 단둘이 오스트리아 인스부르크에서 자허토르테와 멜랑슈도 맛봐야 하고, 결혼식 할 때는 그녀가 촛불도 켜줘야 하고, 맛있는 이북식 김치 담그는 법도 배워야 하고, 산후조리 할 때는 그녀가 끓여준 해산물 미역국도 먹어야 하고, 아이의 돌잔치, 그녀의 환갑잔치도 함께 하고 싶었다. 특히, 가장 하고 싶었던 것은 그녀에게 매달 용돈을 주는 일이었다.

대학에 입학하던 그해 봄, 모래는 고3 겨울방학 때부터 머리를 기르고 있었다. 모래는 긴 머리에 원피스를 입고 싶었다. 눈여겨보았던 원피스를 사달라고 무해에게 졸랐지만 그녀는 일초의 망설임도 없이 거절했다. 그녀는 원피스 값이 너무 비싸고, 몇 개월만 지나면 청소년티를 벗고 금세 옷을 보는 눈이 달라질 거라고 말했다. 모래는 주말 이틀 동안 밥을 먹지 않고 방에서 나오지 않았다. 이틀 동안 단식 투쟁한 보람이 있었는지 월요일 이른 아침 모래가 눈을 떴을 때, 침대 머리맡에는 만 원짜리가 두둑하게 말려진 채로 놓여 있었다. 결국 그 원피스는 그녀 말대로 그해 봄 한 철밖에 입지 못했다. 원두의 쓴맛에 빠져 있었던 모래의 눈에는 그 원피스가 어린아이들이 입는 옷처럼 너무 단정하고 귀엽게만 보였다. 타투와 커피에 빠져 있던 그즈음, 모래는 바리스타 과정을 공부하고 있었다.

무해는 자주 커피 이야기를 모래에게 들려주었다. 그녀는 커피에 시적인 기능이 있다고 말했다. 그러면서 커피를 마실 땐 긴장이 생긴다고 말했다. 기분 좋은 긴장감. 그녀는 고산지대를 지나가는 바람이 커피체리의 표면을 스치면, 커피체리는 건조해져서 땅속의 수분을 빨아들이고, 자연의 영양분을 가지게 된다고 모래에게 설명했다. 그 영양분은 커피 향을 만드는 재료가 된다. 결국 무심히 지나가는 바람과 땅속에 이유 없이 묻혀 있던 양분이 커피 향을 만드는 셈이었다. 그녀는 커피를 마실 때마다 바람 냄새와 땅속 냄새를 맡았다. 그런데 이제 모래가 먼저 커피를 내리지 않으면 그녀는 커피 내릴 줄을 몰랐고, 커피 향이 집 안에 퍼져 있어도 그녀는 그 냄새의 정체를 알아채지 못했다. 그녀는 베란다에서 키우는 나무 이름이 커피나무인 줄도 모르고, 커피나무에서 열린 열매가 그녀가 마시는 커피의 재료라는 것도 알지 못했다. 이렇게 매일 조금씩 그녀의 즐거움은 사라지고 있었다.

무해는 아침 준비를 하려는 것 같았다. 모래는 얼른 일어나 그녀를 도와야 했다. 이제 그녀가 부엌에 혼자 있으면 모래는 몹시 신경이 쓰였다. 모래는 침대에 누워서 조금만, 조금만,을 맘속으로 외치며 게으름을 피웠다.

그때 부엌에서 심상치 않은 소리가 들려왔다.

그릇이 바닥에 떨어지는 소리였다. 아니, 더 정확히 말하자면 누군가 그릇을 있는 힘을 다해 바닥에 내동댕이치는 소리였다. 누군가는 당연히 무해겠지만, 모래는 생각했다. 엄마는 아니어야 한다고. 엄마가 그럴 리가 없지 않은가. 살림살이를 미친 사람처럼 때려 부수는…….

치매…….

무해는 그럴 수 없지만, 치매는 그럴 수 있었다.

어디서 많이 본 듯한 장면들, 드라마나 소설 속에서 묘사되는 치매 환자들의 모습, 진부하기 짝이 없는…… 무해는 상투적인 병의 수순을 밟아가고 있었다.

여기까지 생각이 미치자, 모래는 순식간에 잠이 확 달아났다. 모래는 부엌으로 뛰어갔다. 무해는 미친 사람처럼 부엌에 서서 바닥에 나뒹구는 냄비들을 바라보고 있었다. 냄비를 바라보고 있는 것처럼 보이지만 자세히 보면, 그녀의 시선은 냄비를 비껴가 있었다. 그녀는 분을 삭이지 못한 듯 어깨와 가슴을 들썩이며 숨을 씨근덕거렸다. 도대체 그녀는 무엇 때문에 저렇게 분노가 치솟은 걸까? 밤새 무슨 일이 있었던 것일까? 모래는 살기가 느껴지는 그녀의 눈빛을 보고 선뜻 그녀의 옆으로 가지 못했다.

"엄마, 왜 그래? 무슨 일이야?"

모래가 조심스럽게 무해에게 물었다.

"가스 불이 안 나와. 범인은 너지?"

무해의 분노 원인이 생각했던 것보다 너무 가벼웠다고 생각했기 때문일까? 모래는 맥이 빠졌다. 노려보는 그녀의 눈빛에 모래는 잠시 말을 고르느라 머뭇거렸다. 사실, 모래는 자기 전에 도시가스를 차단했다. 부엌에 있는 도시가스 안전밸브는 그녀가 쉽게 잠금 해제를 할 수 있기 때문에 모래는 베란다에 있는 밸브를 잠가서 도시가스를 쓸 수 없게끔 완전히 차단했던 것이다.

무해는 수시로 물을 끓였다. 그녀는 따뜻하게 마시는 차 종류를 무척 좋아해서 홍삼 엑기스, 대추차, 유자차, 커피를 심심할 때마다 뜨거운 물에 타서 마셨다. 그녀는 한여름에도 차가운 물을 마시지 않았고, 가스 불에 물을 데워서 마시곤 했다. 그녀는 집집마다 흔히 가지고 있는 정수기를 들여놓지 않았다. 번거롭게 가스 불에 물을 끓이지 않고 컵만 갖다대면 펄펄 끓는 물이 나오는 정수기가 편할 텐데도, 그녀는 그 흔한 렌탈 정수기조차 고집스럽게 들여놓지 않았다. 물론 그녀는 정수기를 사거나 렌

탈 정수기를 들여놓을 정도의 충분한 경제력이 있었다. 그런 그
녀를 보고 주위 사람들은 별스럽다고 말했다.

뜨거운 물이 나오는 정수기는 전기를 사용해야 했고, 누진세
가 유일하게 적용되는 전기세 때문에 무해는 정수기를 들여놓
지 않았다. 그녀는 유달리 전기세에 대해서 예민했다. 최근에 그
녀는 초기 한국 정착 시절 이야기를 모래에게 해준 적이 있었다.
그녀는 화장실을 갈 때마다 돈을 지불한다는 사실에 스트레스
를 받았다. 매일, 평생 동안 배설을 하는데 그때마다 매번 돈을
지불해야 한다는 사실도 놀라운데, 그것을 당연시하는 한국 사
람들을 보고 또 한번 놀랐다고 그녀는 말했다. 그녀가 하는 말은
변기에 물을 내릴 때마다 내는 수도세를 뜻하는 것이었다.

수도세도 이해하기 힘들었던 무해에게 누진세가 적용되는 전
기세는 폭탄처럼 느껴졌을 것이다. 그녀는 전기를 쓴 만큼만 내
면 되지, 어떻게 누진세라는 것이 세상에 다 있느냐고 말했다.
그녀는 복도에 매달려 있는 계량기를 수시로 확인하고, 다른 집
계량기 숫자와 비교하기도 했다. 그녀는 세상에서 전기세를 가
장 무서워하는 것 같았다. 여름마다 이상 기온으로 폭염이 지속
되자 그녀는 할 수 없이 오 년 전에 처음으로 에어컨을 들여놓았
다. 하지만 그녀는 전기세가 무서워서 십 분 이상 에어컨을 켜지
못했다. 에어컨을 켤 때마다 그녀는 무서워서 발발 떨었다. 전기
사용량이 늘어나는 여름이면 모래와 그녀 사이에는 늘 말싸움
이 벌어졌다. 전기세에 관련한 그녀의 반응은 거의 노이로제에
가까웠다. 그녀는 전기세를 아끼기 위해 매번 불편함을 감수하

면서 가스 불에 물을 끓였다.

최근에 무해는 물을 끓이기 위해 가스 불에 주전자를 올려놓고, 그 사실을 자주 잊어먹었다. 그녀는 차 전용 주전자를 열 개도 더 태워먹었다. 물도 없이 오래 가열되어 시뻘겋게 달아오른 주전자와 플라스틱 뚜껑이 괴물 얼굴처럼 녹아내리는 것을 볼 때면 모래는 팔에 소름이 돋았다. 작년 여름에는 아파트 아래층에서 불이 날 뻔한 사건이 있었다. 경비원은 아파트 창문에서 연기가 나는 것을 발견하고 119에 신고를 했고, 출동한 119 대원들은 연기가 나는 아파트의 문을 뜯고 집 안으로 들어갔다. 집 안에는 아무도 없었고, 가스 불에 올려놓은 냄비가 타고 있는 중이었다. 할머니 혼자서 사는 집이었다. 할머니는 냄비를 불에 올려놓고 아파트 단지 내에 있는 마트에 잠깐 갔다 온다는 것이 그만, 마트 주인과 얘기가 길어졌던 것이다. 사고가 난 집의 바로 위층에 살고 있었던 모래는 무해와 함께 놀란 가슴을 쓸어내렸다.

모래는 무해에게 소리 나는 찻주전자를 사용하게 해봤지만 아무 소용이 없었다. 어찌 된 일인지 그녀는 주전자에서 울려대는 멜로디를 전혀 듣지를 못했다. 특히 휘슬 주전자의 소리는 요란할 정도로 시끄러웠다.

"저렇게 소리가 계속 시끄럽게 나는데 안 들렸어?"

"잠시, 다른 생각에 빠져 있었나? 왜 안 들렸지?"

무해는 주전자의 요란스러운 휘슬 소리조차 듣지 못한 것에 대해서 당혹스러워했다. 이런 일련의 사건들 때문에 모래는 옆에서 그녀를 지켜보는 사람이 없을 때는 가스 불을 완전히 차단

할 수밖에 없었다.

오늘 아침, 무해는 늘 하던 습관대로 옥수수차나 보리차를 끓이고, 아침 준비를 하려고 했다. 그런데 가스 불을 사용할 수 없게 되자 그녀는 화가 났다. 그녀는 항상 냄비와 주전자를 태워 먹는 게 아니었다. 사실 그게 문제였다. 그녀는 대개 정상적으로 요리하고, 물을 안전하게 끓였다. 그녀는 여전히 정상적인 일상을 보내고 있으면서 부분적으로 점차 기억을 잃어가는 중이었다. 그랬기 때문에 사리 분별조차 하지 못하는 중증 치매 환자로 취급받는 것이 그녀는 노여웠다. 하지만 부분적인 기억 장애도 위험하긴 마찬가지였다. 늘 다니던 길을 잊어버리고, 집을 찾지 못하고, 주전자를 태워먹는 일은 사소한 일처럼 보이지만 사실은 사람의 일상을 쉽게 무너뜨릴 수 있는 위력을 가지고 있었다. 모래는 사람의 일상이 얼마나 유리처럼 깨지기 쉬운지 최근에야 느끼게 되었다. 어떻게 보면 사람들은 자신도 모르게 하루하루 사투를 벌이면서 살고 있었고, 생각보다 많은 행운들을 누리고 있었으며, 일상은 빅뱅처럼 언제라도 터질 수 있는 위험을 가지고 있었다. 그 사실을 모르는 것은 단지, 습관에 길들여진 사람의 뇌뿐이었다.

눈 감고도 동네 지도를 그려낼 수 있는 무해에게 있어 집으로 가는 길을 잊어버린 사건은 심적으로 큰 충격을 주었다. 물론 모래도 마찬가지였다. 그런 사소한 한 가지의 사건만으로도 충분히 사람은 바람 빠진 풍선처럼 위축되고, 건초에 불붙듯 순식간에 불안감에 휩싸일 수도 있었다.

정상적인 생활을 여전히 할 수 있으면서, 일부 치매 병증을 가지고 있는 치매 환자인 무해를 어떤 방식으로 보살펴야 할지 모래는 난감함에 빠졌다.

부엌.
엄마의 체취와 가장 비슷한 냄새를 가지고 있는 장소.
엄마가 가장 많이 머물렀던 곳.
모성의 흔적이 가장 많은 곳.
부엌에는 평생 가족을 거둬 먹인 한 사람의 혼과 체취가 있다.
체취는 소중한 가족을 돌보고,
그 공간을 사수하려는 모성의 영역표시였다.
가족을 위해 정성을 다해 요리를 하는 혼,
누군가의 목숨을 살리기 위해 음식과 분투를 하는 혼.

가족을 지키려는 모성 덕분에 모래는 키가 자라고, 뼈에 살이 붙고, 심장은 힘차게 혈액을 펌프질했다. 또 한 사람은 무해의 그런 정성 덕분에 생명이 연장되기도 했다. 또 한 사람은 바로 그녀의 남편이었다. 아주 오래전 그는 건강검진을 받다가 우연히 위암 진단을 받았다. 아무런 증세도 없이 위암을 발견하게 되었으니 그는 꽤 운이 좋았던 셈이었다. 그는 위 절제수술을 받았다. 완전절제였다. 위가 없어져서 식도에 장을 붙여놓았기 때문에 그녀는 그의 식사에 신경을 많이 써야 했다. 그는 위가 없어서 예전처럼 한꺼번에 많은 양의 음식을 먹을 수가 없었다. 적은 양의 음식을 자주 먹어야 했고, 음식 조리도 까다롭게 해야 했다. 피해야 할 음식도 많았다. 소화가 되지 않은 음식물이 갑자기 장으로 내려와서 그는 상복부 팽창감과 경련성 복통에 시달리기도 했다. 그녀는 두 시간 간격으로 음식과 간식을 만들었다. 국물이 많은 음식도 안 되고, 지방과 섬유질이 너무 많은 음식도 안 되었다. 그녀는 조미료도 될 수 있는 대로 쓰지 않았다. 그녀는 노트에 위암 환자들을 위한 정보와 레시피들을 빼곡히 적어놓았다. 그녀는 인터넷과 책, 그리고 잘 알고 지내는 성당 교인들에게서 부지런히 위암 환자들을 위한 정보들을 캤다.

사실 모래는 그때의 일들을 잘 기억하지 못했다. 처음에 무해와 그녀의 남편은 모래에게 위암이라는 사실을 말해주지 않았다. 모래는 병원 입원실에서 하룻밤을 자고 간 적이 있었다. 수술이 있던 당일 날이었다. 병원 입원실에서 김밥과 떡볶이를 사다가 무해와 단둘이 먹었던 일과 그녀와 함께 아빠의 양쪽 팔을 붙잡고 화장실에 데려다준 일, 모래의 기억은 그게 다였다. 그가 위암이었다는 사실을 알게 된 것은 퇴원하고, 어느 정도 그의 몸이 회복되었을 때였다. 그는 몸이 회복되었는데도 직장으로 다시 돌아가지 못했다. 그는 종일 집에서 시간을 보냈다. 그제야 모래는 그가 위암이라는 사실을 알게 되었다. 그때 모래는 어려서 그가 위암으로 생명을 잃을 수도 있다는 생각보다, 아빠가 직장에 나가지 않으면 돈을 누가 벌지? 우리는 이제 가난해지는 건가? 학교는 다닐 수 있을까? 옷을 사 입을 수 있을까? 맛있는 것을 먹을 수 있을까? 하는 생각을 먼저 했다. 모래는 길거리에서 친구들에게 떡꼬치 사주던 일을 중단했고, 용돈을 전보다 아껴 썼다.

모래 아빠가 위암 수술을 하고, 집으로 돌아왔을 때 그를 간병했던 무해의 생활이 어땠는지 모래는 알지 못했다. 모래는 단지 식단이 예전과 달라졌고, 비싼 음식은 그를 제외한 그녀도, 자신도 먹지 못했었던 기억만 남아 있었다. 그 시절 그녀가 그를 간병하기 위해 얼마나 고생하고 애썼는지는 영주의 입을 통해서 모래에게 전해졌다. 그는 수술한 지 육 개월이 지났을 때, 어느 정도 정상적인 식사를 할 수 있게 되었다. 그녀는 아무 연고도 없는 시골로 내려가 개를 잡아다 냉동실에 얼려놓았고, 비싼 전복이나 지방이 적은 등심, 안심을 사서 요리했다. 그는 식사를 하고 두 시간이 지나면 허기가 져서 맥이 풀린 상태가 되곤 했다. 두 시간 간격으로 환자의 음식을 챙기려면 그녀는 종일 부엌에만 있어야 했다. 영주는 그녀의 그런 정성 덕분에 일 년 시한부 선고를 받은 그가 오 년을 더 살 수 있었다고 말했다. 그의 위암 수술은 성공적으로 잘 끝났다. 그는 빠르게 회복이 되어갔다. 하지만 일 년 만에 암세포가 다른 뼈와 장기로 전이가 되었고, 의사는 짧으면 육 개월, 길면 일 년 정도 살 수 있을 거라는 비관적인 결과를 내놓았다. 모래도 영주와 같은 생각이었다. 의사의 진단과는 달리, 그가 오 년을 더 살 수 있었던 것은 오로지 그녀의 정성 때문이었다고. 부엌은 그녀에게 있어 한 생명을 살리고자 신께 자신의 정성과 노동력을 보이는 제단이었을지도 모른다.

국정원 조사가 끝나고 대한민국 사회로 나왔을 때, 무해가 정착금으로 가장 먼저 산 물건은 냉장고였다. 냉장고를 본 그녀는 마치 신세계를 보는 것 같았다. 그녀는 몹시 개성 있는 냉장고에 푹 빠졌다. 그녀는 세계에서 냉장고를 가장 잘 만드는 나라는 아마도 대한민국일 거라고 모래에게 말했다. 주문한 냉장고가 처음으로 집에 도착한 날, 그녀는 부드러운 천으로 냉장고를 닦고 또 닦으면서 이곳의 생활이 아무리 힘들어도 견딜 수 있을 것 같은 낙관적인 마음이 들었다. 그녀는 물건이 사람에게 주는 위로가 있다고 말했다. 모래는 그녀의 말이 어느 정도 이해가 되었다. 모래는 평소 갖고 싶었던 스피커를 대학 입학 선물로 받았을 때 너무 기쁜 나머지 어떤 힘든 일이 있어도 스피커만 생각하면 긍정의 인간으로 다시 돌아갈 수 있을 것만 같았다. 물론 그 마음은 시간이 지나면서 희미해져갔지만. 하지만 처음 스피커를 가졌던 그 감정은 훼손되지 않고, 여전히 잘 보존되어 있어서 지금까지도 어딘가에 긍정적인 영향을 미치고 있을 거라고 모래는 생각했다. 해마다 더 좋은 냉장고들이 나오고, 냉장고뿐만 아니라 갖고 싶은 물건들은 주위에 넘쳐났다. 하지만 처음 그 물건을 가졌을 때의 감동, 위로, 묘한 낙관 같은 감정들은 평생 지워지지 않는다. 그런 감정들은 물처럼 어디론가 흘러가버리는 게 아니라 단단한 돌에 새겨지는 감정이었다. 아니, 어쩌면 그런 감정은 늘 그녀가 하는 말처럼 유전자에 새겨질지도 모른다. 인간과 인간과의 관계도 중요하지만, 인간과 사물과의 관계도 중요하다. 사물은 인간의 의미와 감정을 담고 있기 때문이었다. 인간과 사물이 가지고 있는 진실은 동일하다. 그러므로 인간과 사물은 단일한 텍스트다. 인간은 그 텍스트 속에서 기억과 시간에 대한 이해 방식을 배운다. '의미'는 기억과 시간을 만들어낸다. 인간과 사물이 공존하고 있는 부엌은 그런 사연과 감정이 얽혀 있는 그녀만의 방이었다.

부엌 바닥에 나뒹구는 냄비를 줍던 모래의 눈에 무해의 가느다란 발목이 들어왔다. 그녀의 발목은 한 번도 세상의 빛을 보지 못한 것처럼 하얬고, 병약해 보였다. 피부는 푸석푸석하고, 핏기 하나 없고, 몹시 메말라 보였다. 그녀는 발가락에 힘을 잔뜩 주고 있었다. 덕분에 발가락 마디는 꺾여 있었다. 발가락 마디마다 쪼글쪼글한 잔주름이 가득했다. 주름진 발가락이 마치 번데기 같았다.

발가락도 늙는구나.

모래는 새삼 무해의 발가락에서 세월을 느꼈다. 쪼글쪼글한 발가락, 윤기와 탄력을 잃은 다리, 성적 매력을 잃어버린 처진 엉덩이, 바닥에 나뒹구는 냄비, 노기 어린 눈빛으로 서 있는 그녀. 모래는 그 순간, 마치 환하게 빛나는 보름달과는 달리 어둡고 울퉁불퉁한 달의 뒷면을 본 심정이 되었다.

모래는 베란다에 있는 가스 밸브를 열었다.

"이제 됐지?"

모래는 가스 불을 켜 보이며 무해에게 말했다. 그녀는 기운이 좀 빠졌는지 지쳐 보이는 표정을 지으며 식탁 의자에 털썩 앉았다.

"엄마, 이제 부엌을 나에게 넘기면 안 될까?"

"네가 뭘 할 줄 안다고, 밥도 할 줄 모르면서."

"부엌을 나한테 넘길 우리 엄마가 아니지. 냉장고 흠집만 나도 벌벌 떠는 우리 엄만데."

"냉장고 흠집만 벌벌 떠는 줄 아니? 강아지가 바닥재에 오줌 한 방울만 떨어뜨려도 엄만 벌벌 떤다."

무해가 웃었다. 모래도 따라 웃었다.

거실 바닥재는 흰색에 가까운 밝은 아이보리색이었다. 강아지가 노란 오줌 한 방울을 거실 바닥재에 흘리면 그 즉시 닦아내야 했다. 그렇게 하지 않으면 오줌 자국이 지워지지 않고, 흔적이 그대로 남았다. 거실 바닥재에 강아지의 노란 오줌 자국이 늘어갈 때마다 무해는 무척 속상해했다. 그녀는 주방 세제, 욕실 세제들로 자국을 닦아보았지만, 소용이 없었다. 그녀는 바닥재 얼룩에 대한 문의를 하기 위하여 바닥재 회사 고객센터에 전화를 하기도 했다. 고객센터에서 돌아온 대답은 오염된 바닥재는 닦아낼 방법이 없으며 앞으로는 즉시 닦아내라는 상식적인 말뿐이었다. 이젠 세월이 흘러 잊을 만한데도 그녀는 여전히 얼룩 이야기를 꺼냈다. 봄, 여름, 가을, 겨울이 만들어내는 빛과 그림자들은 거실 바닥재에서 일 년 동안 순환한다. 그녀의 그림자는 바닥재의 얼룩을 닦고 또 닦는다. 한 번도 게으름을 피우지 않고 규칙적으로 사물을 돌보고 있는 둥글고 부드럽게 휜 그녀의 등에는 시간의 축적이 있다. 세대를 거쳐 계승되어온 축적된 모성의.

모래는 가끔 무해가 병적일 정도로 까다롭게 느껴질 때도 있었다. 그녀는 하나부터 열까지 모든 일에 온 힘을 다했다. 허투루 하는 일이 없었다. 그 많은 에너지가 어디서 나오며, 어떻게 오랜 세월 지치지도 않는지 모래는 그녀를 볼 때마다 신기했다. 그런 그녀가 자신에게 부엌을 넘겨줄 리가 없었다. 모래도 사실, 부엌일은 자신이 없었다.

아침밥을 하려고 하는 무해를 간신히 설득해 다시 의자에 앉히고, 모래는 아침 준비를 했다. 모래는 옥수수 수프를 끓이고, 곡물 식빵 두 쪽을 토스트기에 구웠다. 그리고 따뜻하게 데운 우유를 커피 잔에 따르고 사과 네 쪽도 깎았다.

"엄마, 이젠 나도 집안일 배워야 해. 집안일 하나도 할 줄 모르는 바보로 만들 거야? 그리고 언젠가는 엄마도 부엌일을 놔야 하고…… 가스불은 엄마 혼자 있을 때 쓰지 마. 영주 이모하고 나 있을 때만 사용해."

무해는 아무 대답이 없었다. 그녀는 입맛이 없어 보이는 데도 열심히 먹었다. 딸이 차려준 아침이라서 그랬을까. 그러다가 그녀는 가끔 먹는 걸 멈추고, 생각에 잠기곤 했다.

"모래야. 지나치게 솔직한 사람, 너무 믿지 마. 지나치게 솔직한 사람치고 솔직한 사람 별로 없어. 솔직한 게 아니라 솔직한 척하는 거지. 자기 자신에게만 솔직하면 돼. 솔직한 척하면서 친하지도 않은 사람에게 쉽게 자신의 과거에 대해서 함부로 떠들어대지 마. 마음이 가난한 사람들은 남에게 내어줄 게 자신의 과거밖에 없어. 그런 사람치고 괜찮은 사람 없더라. 자신에 대해서 말을 너무 쉽게 내뱉는 사람들은 남들이 자신에 대해서 어떤 오해를 하든지 관심도 없는 사람들이야. 오히려 그런 사람들이 남들을 더 많이 오해해. 남자도 신중하게 말을 골라서 하는 사람을 만나."

무해는 기억을 완전히 잃어버리기 전에, 무언가 모래에게 해주고 싶은 말을 해야겠다고 생각했는지 요즘 들어 뜬금없이 이런 말들을 자주 했다.

아침 7시.

이제 겨우 사람들이 출근할 시간이었다. 모래는 벌써 하루해가 저문 것처럼 마음이 지치기 시작했다. 열린 창문으로 바람이 불어왔다. 태풍의 영향으로 바람이 제법 시원했다. 테이블보가 바람에 펄럭이자, 무해는 창문을 닫아버렸다.

'엄마는 언젠가 계절의 감각도 잃어버리겠지. 여름이 지나 시원한 가을바람이 불어오는지, 겨울이 지나 따뜻한 봄바람이 불어오는지도 모르는……'

모래는 지금 맞이하고 있는 계절이 너무나 아까웠다. 베란다 창문에 쏟아지는 햇살도 아까웠다. '내년 이맘때쯤 엄마는 어떤 모습을 하고 있을까.' 무해의 몸속에서는 검은 짐승이 제 몸집을 서서히 불리고 있었다. 그녀의 모습과 비슷하게 생긴 검은 짐승. 언제가 그녀의 몸은 빈껍데기만 남고, 그 자리를 그녀와 닮은 그 검은 짐승이 차지하게 되겠지. 모래는 그녀가 닫았던 창문을 다시 열었다.

무해는 누군가에게 붙잡혔다가 이제 막 풀려난 사람처럼 평온한 얼굴로 앉아 있었다. 그녀는 식탁 위에 마트 전단지를 펼

처놓고, 오늘의 세일 품목이 뭔지 확인했다. 눈에 들어오는 품목이 있었는지 그녀는 볼펜으로 상품 사진에 동그라미를 쳤다. 왼쪽에는 냉장고가 오른쪽에는 김치냉장고가 그녀를 가운데 두고 균형을 잡고 있었고, 쿠쿠 밥솥은 마치 팔에 품고 있는 듯 그녀 겨드랑이 사이로 얼핏 보였다. 오직 부엌에서만 마주칠 수 있는 사물들은 오로지 한 사람에게만 집중하고 있었고, 그녀와 자신들과의 관계를 그들만의 방식으로 긴밀하게 연결시키고 있었다. 그 구도는 낡아 보였지만, 공존의 관계처럼 탄탄해 보였다.

밍키의 아침밥을 늘 챙겼던 무해는 그 사실을 까마득히 잊은 모양이었다. 어쩌면 집 안에 밍키가 있다는 사실조차 잊은 것인지도 몰랐다. 밍키는 밥을 달라고 그녀의 얼굴을 뚫어지게 쳐다보고 있었다. 모래는 올해 열두 살이 된 노령견 밍키의 밥을 챙기고, 밍키가 밥을 다 먹을 때까지 기다렸다. 그리고 한참 동안 밍키의 배를 쓰다듬었다. 모래는 밍키의 따뜻한 배를 쓰다듬을 때, 손바닥에 느껴지는 밍키의 체온이 참 좋았다. 따뜻한 밍키의 체온은 위로 같았다. 그녀는 첫 번째로 동네와 관련된 기억을 잃었고, 두 번째는 밍키에 대한 기억을 잃었다. 왜 순서가 그렇게 되었을까?

크게 달라진 건 없는 것 같은데…….

겨우 한 뼘 정도만 달라졌을 뿐인데…….

모래는 마치 네 개의 다리 중에서 한 개의 다리가 부러져 절룩거리는 상을 사이에 두고 무해와 마주 보고 있는 것 같았다. 삶과 일상은 부러진 상다리와 본질적으로 다른 것인데…… 그런데…… 어떻게…… 속성이 서로 닮아갈 수 있는지……. 사물의 속성은 삶의 시선 속에서 생겨나기 때문일 것이다.

곧 영주가 집에 도착할 예정이었다. 모래는 서둘러 외출을 준비했다.

검은 사람

호의는 인간이 자연에게서 유일하게 배우는 철학이다. 호의와 가장 유사한 것은 거짓말이다. 거짓말을 숨기기에 가장 적합한 곳은 호의 속이다. 김 씨는 처음부터 무해에게 호의를 베풀며 접근했다.

김 씨가 할 일은 국경 경비대 군인들을 매수해서 압록강을 무사히 건너가게 해주는 일이었다. 혜산에는 김 씨 같은 브로커들이 많았다. 브로커들은 동네를 돌아다니며 장사질 해보지 않겠느냐, 중국에서 담배 장사를 할 부지를 주겠다, 중국에서 돈 많이 벌 수 있는 일자리를 알선해주겠다는 말로 동네 사람들에게 접근을 했다.

브로커의 말에 속아서 국경을 넘어간 사람들도 있었고, 중국에 가면 남자에게 팔려 가거나 시집을 가야 한다는 사실을 알고도 강을 건넌 사람들도 있었다. 일부 브로커들은 시집을 가게 되면 남편을 잘 얼래서 돈을 가지고 도망쳐 오면 된다고 설득하기도 했다. 다시 돌아오기 어렵다는 것을 알면서도 국경을 넘어야 하는 사람들에게는 어쩔 수 없는 사정들이 있었다. 불법으로 국경을 넘는다는 것은 국가를 탈출하는 것이고, 그것은 곧 난민이 된다는 뜻이기도 했다. 대개 어쩔 수 없는 사정들이란 재난이었다. 재난을 당한 사람들은 삶을 꾸려나가는 것이 아니라 '살아내야' 하는 절박한 이유 때문에 국경을 넘어야만 했다. 그런 이유들이 아니라면 자신이 태어나고 자란 고향과 조국을 쉽게 등질 사람은 아무도 없었다. 그러니까, 인권의 문제가 아니라 생존의 문제였다. 강을 넘는 순간, 사람들은 중국 법률 위반자와 북조선 형법 위반자인 정치적 난민이 되었다.

김 씨는 무해와 같은 혜산 사람이었다. 원래 그는 중국을 드나들며 밀수를 하는 사람이었다. 대부분 밀수를 하는 사람들이 탈북 브로커 관련 일을 했다. 그의 형은 국경 경비대 제대군인이었기 때문에 그는 국경 경비대원들을 매수하기가 쉬웠다. 그녀가 알고 있는 그에 대한 정보는 이게 다였다. 사실, 그에 대해 더 알아야 할 것도 없었다. 그녀는 처음 그를 장마당에서 만났다. 그는 마치 우연히 만난 것처럼 연기를 했다. 그는 그녀의 속사정을 이미 다 알고 접근했다. 잘 모르는 사람에게 접근해서 국경을 넘는 일에 대해 함부로 말할 수는 없었다. 위험한 일인 월경에 대해서 함부로 말했다가 오히려 김 씨 자신이 체포당할 수 있기 때문이었다.

'김 씨가 어떻게 내가 도강하려는지를 알았을까?' 무해는 궁금했다.

가만히 생각해보니 김 씨의 형 때문인 것 같았다. 그의 형은 국경 경비대원이니 도강을 하다가 붙잡힌 사람들의 명단을 잘 알고 있을 테고, 그 명단을 동생 김 씨에게 넘겼을지도 모른다. 그는 처음 무해에게 다가와 아버지가 돌아가신 건 국경 경비대 군인들을 제대로 매수하지 않고, 일을 했기 때문이라고 귀띔해주었다. 그러면서 그는 자신을 통하면 안전하게 중국으로 갈 수 있고, 일자리도 알선해주겠다고 그녀에게 말했다. 그가 했던 말들을 생각해보면, 그는 이미 그녀의 개인 사정을 전부 알고서 접근한 것이었다. 어쩌면 그는 사건을 기록하는 보안서의 필사원을 끼고 일하는 건지도 모른다. 그녀의 아버지는 밀수 때문에 보안서에서 여러 차례 조사를 받은 바 있었다. 처음에 그를 의심하지 않은 것도 아니지만, 말은 항상 처음이 중요했다. 한눈에 반한 남자의 첫인상처럼. 그의 말에 한번 사로잡힌 후 그녀는 좀처럼 풀려날 줄 몰랐다. 사실 호의의 진짜 배후는 국가와 중국이었다. 체제와 기근, 북송정책, 중국의 인신매매 묵인 속에서 생겨난 수단이 바로 김 씨가 베푸는 호의의 본질이었다.

어린 두 남매는 일찌감치 잠에 곯아떨어졌다. 강을 건너기 전에 서로에게 아무것도 묻지 말라고 한 김 씨의 말이 여전히 유효하다고 믿고 있는 것인지 일행들은 모두 아무 말 없이 앉아 있었다. 여전히 일행들은 서로를 경계하는 듯한 눈빛을 보냈다. 그러다가 그 눈빛은 다시 두려움으로 바뀌었다. 그리고 긴장이 풀린 듯 꾸벅꾸벅 졸기도 하고, 졸다가 소스라치듯 놀라 잠에서 깨어

난 뒤 서로를 경계하는 눈빛으로 되돌아가 자세를 고쳐 앉기도
했다.

김 씨와 노인이 방으로 들어왔다. 두 사람은 한쪽 벽에 등을
나란히 기대고 앉았다. 두 사람은 시선을 일행들에게 고정한 채,
대화를 나누었다. 무해는 두 사람에게 감시받고 있다는 것을 느
꼈다. 그녀는 불길한 예감을 마음속에서 밀쳐내려고 애썼다. 그
녀는 혜산 고향 사람인 김 씨가 설마 의리 없이 자신에게 해를
끼치겠냐는 낙관으로 스스로 마음을 달랬다. 그녀는 김 씨와 노
인이 나누는 대화를 엿듣기 위해 귀를 기울였다. 속삭이듯 말하
는 그들의 목소리는 너무 작아서 잘 들리지 않았다. 그녀는 자신
이 품고 있는 의심을 해결해줄 단서를 잡기 위해 두 사람의 입
모양을 뚫어지게 쳐다보았다. 두 사람은 마치 복화술처럼 입을
벌리지 않고 말했다.

개인의 정보는 의외로 외모에서 많이 얻을 수 있었다. 무해는
탐정처럼 노인의 얼굴부터 찬찬히 훑어내렸다. 노인은 근육이
라고는 찾아볼 수 없을 만큼 깡말랐고, 피부는 종일 논밭에서 시
간을 보내는 농부처럼 검게 그을렸다. 어쩌면 노인은 노인이 아
닐 수도 있었다. 어쩌면 노인은 가족 없이 혼자 사는 남자이며,
김 씨와 같은 브로커 일을 전문적으로 하는 사람일지도 몰랐다.
중국 농촌에서는 장가도 가지 못한 채 총각으로 늙어가는 남자
들이 의외로 꽤 많았다. 중국에서는 결혼을 못하는 늙은 총각을
'줄기 하나 없는 몽둥이'를 의미하는 '광군'으로 불렸다. 보통 중
국 농촌에서는 서른 살이 넘으면 결혼이 힘든 '광군'으로 취급받

았다. 어쩌면 노인은 '광군'일지도 몰랐다. 여자의 손길을 한 번도 받아보지 못한 노인은 겉늙어서 노인처럼 보이는 것인지도 모른다. 소문으로는 중국 농촌의 할아버지들이 돈을 주고서라도 북조선의 어린 십대나 이십대 여자들을 사서 아이를 낳아 노예로 삼는다는 이야기도 있었다. 북조선의 여자들이 중국에서 인기가 많은 이유는 부지런하고, 일을 잘하기 때문이었다. 북조선 사람들은 소학교 시절부터 농촌 지원이 의무화되어 있어서 농사를 못 짓는 사람들은 없었다.

노인은 이불장을 열더니 땟국물이 줄줄 흐르고 퀴퀴하고 쉰내가 나는 이불 더미 속에서 검은 비닐봉지 하나를 꺼냈다. 노인은 검은 비닐봉지 속에서 다시 하얀 비닐봉지 두 개를 꺼냈다. 노인은 하얀 비닐봉지 두 개 중 하나를 김 씨에게 건넸다. 비닐봉지 안에는 성냥개비 알만 한 크기의 흰색 결정이 들어 있었다. 소금과 비슷했다. 무해는 그것을 보자마자 삥두라는 것을 금세 알아챘다. 삥두는 북조선의 주민들도 흔하게 하는 마약의 한 종류였다. 중국과 밀수를 하는 사람들뿐만 아니라 북조선에서는 일반 주민들과 미성년자들도 삥두를 했다. 주민들이 삥두를 하는 이유는 대개 삶의 고통과 배고픔을 잊기 위해서였다. 어린아이들도 치료 목적으로 삥두를 이용하기도 했다. 북조선은 페니실린 같은 항생제가 절대적으로 부족해서 항생제 대용으로 삥두를 이용하는 사람들이 많았다. 북조선은 외화벌이를 위해 국가 차원에서 양귀비 재배 사업인 백도라지 사업을 시작으로 아편과 마약을 제조하기 시작했다. 백도라지 사업은 1980년대부터 정부가 양귀비 씨를 전 기관과 기업에 공급한 것에서부터 시작되었다. 북조선 전역에서 양귀비가 재배되었고, 특히 군부나 수용소에서는 양귀비를 대량으로 재배했다. 함경도의 제약 공장 지하에서는 순도 높은 마약을 대량생산했다. 팔지 못한 마약은 북조선 주민들에게 유통되었다. 사실 마약은 쌀값보다 쌌다. 삥두는 시장에서 쉽게 구입할 수 있을 정도로 흔했다.

혜산에서도 삥두를 상비약으로 보관하는 집들이 많았고, 사람들은 삥두를 이용해서 치통이나 두통에 효과를 보기도 했다. 하지만 삥두의 부작용은 치명적이었다. 어린아이의 경우, 눈이 멀고 귀가 안 들리거나 심한 경우 사망했다. 무해는 삥두로 사망한 어린아이들을 여러 번 본 적이 있었다. 이웃집에 살았던 여덟 살 춘권이는 배가 고프다며 온종일 울음을 그치지 않았다. 춘권이의 어머니는 상비약으로 가지고 있던 삥두를 춘권이에게 먹였다. 한 시간쯤 지나 춘권이는 경련을 일으키며 바닥에 얼굴을 들이박고, 손톱으로 얼굴을 마구 긁어대며 헛소리를 했다. 춘권이의 어머니는 온몸에 열꽃이 핀 춘권이를 마당으로 데리고 나왔다. 쇠붙이만 만져도 손이 쩍 달라붙는 한파였음에도 불구하고, 춘권이의 어머니는 얼음을 깬 물을 춘권이에게 끼얹었다. 춘권이는 눈앞이 보이지 않는다며 고통에 몸부림쳤다. 춘권이의 온몸은 서서히 뻣뻣해지고, 얼굴에 청색증이 나타났다. 몇 분 뒤, 춘권이는 입에 하얀 거품을 물고 검은 눈동자가 눈꺼풀 뒤쪽으로 넘어간 채로 마당에 드러누웠다. 춘권이의 눈꺼풀은 다시 깜빡이지 않았다. 춘권이의 아버지와 함께 춘권이를 산에 묻고 집으로 돌아온 무해의 아버지는, 겨울이라 언 땅을 파기가 너무 힘들었다면서 그나마 땅에 묻을 수 있어서 다행이었다고 말했다.

무해도 어린 시절에 아편 주사를 맞았다. 북조선에서는 고열에 시달리면 중국산 만병통치약 '정통편'을 먹곤 했다. '정통편'으로도 고열이 잡히지 않자, 외할머니가 그녀에게 아편 주사를 직접 놓았다. 정부는 농사가 안 되는 고산지대에 양귀비꽃을 재배하여 외화를 획득하라고 일반 주민들에게까지도 마약 작물 재배를 장려했다. 아동과 청소년까지도 아편 재배에 참여했고, 그들은 아편의 독성 때문에 종종 실신을 하기도 했다. 북조선에서는 특별한 정부의 단속 없이 개인도 아편 농사를 지을 수 있었다. 특히 시골에서는 집집마다 마당에 아편을 심었다. 그녀의 외할머니도 마당에 아편을 심었고, 아편에서 진을 뽑아 따로 보관했다. 주민들은 항생제 대신 만병통치약으로 아편을 이용하기 위해 보관하기도 하지만, 노인들은 고통 없이 빨리 죽음에 이르게 하기 위해서 아편을 이용하기도 했다. 그녀는 왼쪽 팔에 아편 주사를 여러 번 맞았다. 그때마다 팔을 작두로 베어내는 것처럼 고통스러웠다. 아편 주사를 맞은 이후 고열은 잡혔지만, 그 이후로 그녀는 왼쪽 팔의 환상통을 종종 겪어야 했다.

노인과 김 씨는 익숙한 솜씨로 은지의 종이 면을 라이터로 가볍게 태운 뒤, 종이 위에 뼝두 알갱이를 올려놓았다. 두 사람은 라이터 불꽃으로 종이 뒷면인 은지 면을 아주 잠깐 달구었다. 종이 위의 뼝두 알갱이가 천천히 녹기 시작했다. 뿌연 연기가 하나의 줄을 만들면서 공기를 타고 천정 방향으로 올라갔다. 노인과 김 씨는 연기가 나오는 뼁두 알갱이에 빨대의 한쪽을 꽂고, 반대편 빨대 입구를 콧구멍 안으로 집어넣었다. 김 씨와 노인은 연기를 천천히 흡입했다. 뼁두를 흡입하는 그들의 솜씨는 꽤 능숙해 보였다. 금세 그들의 앉아 있는 자세가 풀어졌다. 뼁두의 효과가 온몸에 퍼진 모양이었다. 두 사람은 벽에 느슨하게 등을 기대고, 초점 없는 시선으로 허공을 쳐다보았다. 그들의 얼굴은 중력의 힘을 강하게 받는 것처럼 처져버렸다. 그 얼굴은 마치 긴장이 완벽하게 제거된 것처럼 보였다. 얼굴은 물 흐르듯이 아래로 흘러내렸다. 긴장이 풀어진 두 사람은 십 년씩이나 더 늙어 보였다. 눈꺼풀도 역시 중력의 힘을 받아 매우 무거운 듯 반쯤 내려앉았다.

"한 코 하겠소?"

김 씨는 무해를 힐끔 쳐다보며 말했다.

무해는 머리를 가로저었다.

노인은 더는 뼁두를 권하지 않았다.

"수면제도 없이 어째 이래 위험하게 오셨슴까?"

노인은 시선을 김 씨의 얼굴로 옮기며 말했다.

"한 놈도 아니고 두 놈을 누가 업어서 온단 말임까."

노인과 김 씨의 목소리는 조금 전보다 높아졌다. 긴장이 풀어진 게 확실했다.

무해는 두 사람이 지금 말하고 있는 대상이 강을 함께 건넜던 남매들임을 눈치챘다. 어린 아이들은 도강을 할 때 혹시라도 울까봐 수면제를 먹이고 강을 건너기도 했다. 하지만 두 남매는 수

면제를 먹지 않고, 맨정신으로 압록강을 건넜다. 다행히도 남매들은 압록강을 건널 때 숨소리도 내지 않았다. 어린 남매도 울면 생명이 위태로워질 수 있다는 사실을 본능적으로 알았던 것 같았다.

벽에 걸린 시곗바늘이 정오를 가리켰다. 밖에서 자동차 소리가 들렸다. 무해는 창문으로 흰색 자동차와 검은색 자동차가 마당에 주차하는 것을 보았다. 자동차에서 중년 남자 두 명이 내렸다. 개가 두 남자를 경계하지 않고, 여전히 엎드려 있는 것을 보니 차에서 내린 두 남자들은 이곳에 자주 드나드는 사람들인 것 같았다. 일행들의 시선이 창밖으로 쏠리자 김 씨가 창문에 커튼을 쳤다.

중년 남자 두 명이 방으로 들어왔다. 중년 남자 두 명 중 한 사람은 소매 끝자락 사이로 검푸른 문신이 보였다. 다른 한 사람은 삭발을 했고, 유난히 번쩍거리는 금목걸이를 했다. 두 사람의 외모에서 자본주의 날라리풍의 냄새가 물씬 났다. 삭발한 남자가 중국 말로 노인에게 뭐라고 말을 했다. 남자가 힐끔힐끔 남매를 보면서 말을 하는 것을 보니 아이들에 관한 말을 하는 것 같았다. 노인은 삭발한 남자에게 작은 목소리로 대답했다. 노인이 하는 말 중 "슬이쒜이, 슬알쒜이"라는 말이 무해의 귀에 들어왔다. 그녀는 중국말은 할 줄 몰랐지만, 밀수를 하는 아버지를 통해서 숫자를 세거나 가격 흥정하는 정도의 간단한 중국말은 배워서 할 줄 알았다. 노인이 말한 열한 살, 열두 살 나이는 아마도 남매 나이를 말하는 것 같았다. 그녀는 아이들의 나이를 듣고 깜짝 놀랐다. 남매들은 여섯 살, 일곱 살 정도로밖에 보이지 않았다. 키도 그렇고, 말과 행동도 그래 보였다. 그러고 보니 아이들 얼굴이 임산부처럼 탱탱 부어 있었다. 눈꺼풀도 벌에 쏘인 것처럼 부어 있었고, 눈 밑은 노인들처럼 움푹 패어 있었다. 키가 작고 몸이 붓고, 행동이 굼뜬 것을 보니 영양실조와 함께 소금 섭취 부족일 가능성이 높았다.

무해의 어머니는 식량을 구하러 집을 나가기 전에, 그녀에게 먹을 게 없을 땐 물과 소금을 조금씩 먹으라고 일러준 적이 있었다. 북조선에서는 소금이 매우 귀했다. 게다가 혜산에서는 생선이나 미역, 김 같은 건 구경조차 하기가 힘들었다. 소금 섭취가 부족한 아이들은 키가 크지 않았고, 얼굴이 붓고, 심하면 지능지수가 떨어지기도 했다. 이미 그 정도가 되었을 때는 소금을 먹는다고 해도 몸은 회복이 되지 않았다. 그녀는 소금 섭취 부족이 얼마나 무서운지 잘 알고 있었다.

삭발한 남자는 화난 얼굴을 한 채 방에서 나가버렸다. 무해는 삭발한 남자가 왜 화가 났는지 궁금했지만, 그 이유를 알 수 있는 방법이 없었다.

한참 뒤 다시 방으로 들어온 김 씨와 노인은 옷들을 방 한가운데에 한 무더기 쌓아놓고 나가면서, 옷을 갈아입으라고 말했다. 반코트, 니트 티셔츠, 바지, 남매가 입을 만한 겨울 점퍼, 부끄럼 가리개, 가슴 띠, 속옷까지 있었다. 옷마다 꼬리표가 붙어 있는 것을 보니 싼 물건들은 아닌 듯싶었다. 무해는 가슴 띠를 한참 동안 들여다보았다. 착용을 해야 할지 말아야 할지 고민했다. 그녀는 한 번도 가슴 띠를 사용해본 적이 없었다. 북조선에서는 가슴 띠가 자본주의 날라리풍이라는 비난과 함께 금기 대상이었다. 가슴 띠는 암시장을 통해 거래되었고, 고위 당 간부들은 몰래 가슴 띠를 하고 다닌다는 사실을 북조선 주민들은 대부분 알고 있었다. 자본주의 문화를 적대시하는 북조선은 가슴 띠조차 반사회주의로 바라보았다. 김 씨와 노인이 가져온 가슴 띠는 여러 종류였다. 대, 중, 소. 그녀는 자신의 가슴 크기도 잘 몰랐다. 그녀는 '대'라고 꼬리표가 붙은 가슴 띠를 집어들었다. 일행들은 모두 중국산 옷으로 갈아입었다. 중국산 옷을 입으니 일행들은 다들 중국 사람 같았다. 북조선 촌티를 벗기기 위해서 중국산 옷을 입히는 듯싶었다. 그래야 중국 공안들의 눈을 조금이라도 피할 수 있기 때문이었다.

중국 남자 두 명은 방을 자주 들락거렸다. 그들은 방에 들어와서 일행들의 얼굴을 자세히 살폈다. 그리고 그들은 다시 방을 나갔고, 노인과 이런저런 밀담을 나누었다. 남자들의 그런 행동들은 무해를 불안하게 만들었다. 특히 두 남자는 중국 사람이라서 일행들이 알아듣지도 못하는 중국말을 하는데도, 그 말조차 일행들이 들으면 안 되는 무슨 중요한 이유가 있는지 그녀는 궁금했다. 삭발한 남자는 다시 방으로 들어왔고, 그는 두 번째 손가락으로 남매와 남매 어머니를 가리켰다. 그러더니 그가 방을 나가면서 자신을 따라 나오라는 뜻으로 남매와 어머니에게 손가락을 까딱거렸다. 남매와 남매 어머니는 자리에서 일어났다. 남매 어머니는 서둘러서 짐을 챙겼다. 어머니는 두 남매를 양쪽 손으로 꼭 잡은 채 방을 나갔다. 남매 어머니는 방을 나가면서 나머지 일행들에게 고개를 끄덕이며 짧은 인사를 했다. 무해는 텅 빈 눈으로 그들의 뒷모습을 바라보았다. 그녀는 그들이 방금 앉았던 빈자리가 비 오는 날 텅 빈 학교운동장처럼 느껴졌다. 그녀는 그들의 나이도 이름도 사는 곳도 묻지 못했다. 다시 만날 수가 있을까? 두 남매와 어머니는 어디로 가는 것일까? 팔려 가더라도 두 남매와 어머니가 헤어지지 않고 함께 있기를 무해는 간절하게 바랐다.

두 남매와 어머니가 방을 나간 지 일 분도 채 되지 않아 마당에서 여자의 비명이 들려왔다. 그 비명은 충돌하는 소리였고, 모성이 찢기는 소리였다. 남매 어머니였다. 남매 어머니는 울부짖으며 아이들과 제발 함께 있게 해달라고 사정을 했다. 어머니와 아이들이 헤어지게 되는 모양이었다. 함께 있게 해줄 테니 걱정하지 말라며 저녁때 다시 만날 거라고, 단지 위험하니 따로 가는 것뿐이라고, 아이 엄마라는 것을 절대 입 밖에 내지 말라고, 김 씨가 남매 어머니를 붙잡고 설득하는 목소리가 들려왔다. 김 씨의 목소리 사이사이로 중국 남자 목소리가 섞여 들려왔다. "부용 딴신, 부용 딴신." 아마도 중국 남자는 김 씨와 같은 뜻의 말을 하는 듯했다. 남매 어머니가 김 씨의 말에 설득이 되었는지 밖은 조용해졌다. 자동차 문이 닫히는 소리와 함께 차 엔진 소리가 났다. 그리고 다시 차 엔진 소리가 났다. 자동차 소리는 점점 멀어졌다. 자동차 소리가 더는 들리지 않게 되자, 노인과 김 씨의 목소리가 서로 뒤섞이며 옥신각신하는 소리가 들렸다. 그들의 목소리는 들렸다가 끊겼다가를 반복했다. 잠시 들렸던 목소리는 노인의 목소리였고, 내용은 아이들은 산둥성에 가면 안 된다는 말이었다.

무해는 일행인 여자에게 남매가 왜 산둥성에 가면 안 되는지, 좀 전에 노인이 했던 말에 대해서 물었다. 여자는 아이들이 산둥성으로 팔려 가는 거라고 말했다. 그곳으로 팔려 가면 쉽게 도망치기 어렵다고, 아마도 어머니와 아이들까지 세 사람을 한꺼번에 사갈 사람이 없었던 모양이라고, 여자는 말했다. 여자는 북조선에서 약초 재배 공장에서 근무를 했었다고 말했다. 말이 약초 재배 공장이지 위장해놓은 아편 공장이었다. 여자는 아마도 백도라지 사업체에서 일한 모양이었다. 여자는 아편을 몰래 도둑질하다가 발각되었고, 체포되는 것이 무서워 그 길로 압록강을 넘었다. 여자는 혜산에서 미리 김 씨에게 시골은 절대 가지 않겠다며 도시로 가게 해달라고 부탁을 따로 했었다고 말했다. 그러면서 여자는 시골로 가면 도망쳐 나오기 힘드니 도시로 가게 해달라고 자신처럼 김 씨에게 부탁하라고 귀띔을 해주었다.

"우리도 팔려 가는 겁네까?"

무해의 질문에 여자는 두 눈을 동그랗게 떴다. 그런 내용을 정말 모르고 압록강을 건넜느냐는 뜻의 표정을 지으며,

"요기소는 시집 안 가믄 아니 됩니다."

여자가 말했다.

여자는 시집가는 게 오히려 신분이 안전하고, 안 그러면 중국 공안에 붙잡혀 북송될 수 있으니 조심하라고 말했다.

여자는 고개를 숙이고 말소리가 멀리 가지 않게 한쪽 손바닥으로 입을 가린 뒤, 무해에게 속삭였다.

"돈이 모이면 한국으로 갈 겁니다. 부지런히 돈을 모아서 한국으로 가십시오."

무해는 생각에 잠겼다. 여자가 했던 말을 곱씹었다. 여자가 가려고 하는 한국은 좋은 도시, 가장 발전된 도시임에 틀림없었다. 그녀는 그곳으로 가고 싶었다.

무해는 노인에게 말했다.

"저는 시골에는 가지 않겠습니다. 도시로 가겠습니다. 저도 한국으로 가고 싶습니다."

노인은 곁눈질로 무해를 힐끔 보더니 장마철에 지붕 빗물받이에서 물이 내려오듯이 어깨를 들썩이며 켈켈켈 웃었다. 노인처럼 저런 종류의 웃음을 무해는 몇 번 본 적이 있었다. 다시 되받아쳐주고 싶은 웃음. 하지만 상대가 되받아칠 수 없다는 것을 알고 웃는 웃음.

마당에 자동차가 정차하는 소리가 들리더니 자동차 문이 열렸다. 그리고 다시 자동차 문이 닫히는 소리가 들렸다. 방으로 들어온 사람은 부부처럼 보이는 남녀였다. 남자는 검은색 점퍼에 폭이 넓은 검은색 바지를 입었고, 갈색 색안경을 쓰고 있었다. 젊은 여자는 추운 겨울 날씨에도 허벅지가 훤히 보이는 짧은 치마를 입고, 껌을 짝짝 소리를 내며 씹고 있었다.

남자는 색안경을 코끝까지 내리더니 무해에게 한국에 대해 알려준 그 여자를 한참 동안 쳐다보았다. 그 시선은 개별적인 사람들을 생식이 가능한 하나의 집단으로 보는 듯한 눈빛이었다. 그러더니 중국말로 노인과 대화를 나누었다. 껌을 씹던 젊은 여자가 "내보다 언니 같은데 스물두 살이라니, 나이 속이는 거 아니니?"라고 여자를 훑어보며 말했다. 조선말을 하는 젊은 여자는 북조선 여자 같기도 하고, 조선족 같기도 했다.

"맞……습……니……다. 스물두 살……."

여자는 더듬거리며 대답했다.

껌 씹는 여자는 아닌 것 같은데? 하는 의심의 눈초리로 여자를 쏘아보았다.

남녀는 방에서 나갔다. 노인은 여자에게 짐을 챙기고, 남녀를 따라나서라고 말했다. 여자는 무해의 귀에 "한국에서 만나자"라는 말을 속삭인 뒤 자리에서 일어났다. 여자는 가져온 짐도 없어서 빈손을 그녀에게 흔들며 방을 나갔다. 그녀는 방금 전, 여자가 지나갔던 동선을 멍하니 바라보았다. 방 안에 정적이 흘렀다. 커튼 사이로 오후의 햇볕이 옅게 들어왔다.

해가 지자 오후 내내 모습이 보이지 않았던 김 씨가 얼굴이 벌게진 채로 방으로 기어들어왔다.

"양가네서 머었나?"

노인이 김 씨를 쳐다보며 물었다.

"양가네 아니면 오데 갈 때가 있간?"

"양가를 너무 믿지 말라."

"내래 아무것도 읍는 사람인데 당해봤자 북송밖에 더 당하갔어?"

노인이 김 씨의 말에 혀를 끌끌 찼다.

김 씨는 짐을 챙기면서 이제 생각났다는 듯이 무해를 쳐다보았다.

"북송당하지 말고 잘 사시오. 집 밖으로 나가면 공안이 쫙 깔렸으니 조심하고."

김 씨가 말했다.

"저도 같이 가면 아니 돼갔습니까? 혜산까지 다시 데려다주시오."

김 씨는 무해의 말에 하, 하고 짧게 웃었다.

"말뚝에 묶여 총살당하고 싶으면 가시오. 안 말리오. 어째 그리 맹하오."

김 씨는 짐을 챙겨 한번 뒤돌아보지도 않은 채 방을 나갔다.

노인은 무해의 맞은편 벽에 등을 기대고 앉아서 아까처럼 또다시 뺑두를 피우기 시작했다. 그의 얼굴은 또다시 물결치듯 아래로 흘러내렸다. 그는 다시 십 년의 세월을 건너뛰며 순식간에 늙기 시작했다. 그의 눈꺼풀은 반쯤 내려왔다. 시선은 무해에게 고정한 채.

무해는 김 씨에게 속았다는 것을 알았다. 중국 일자리를 알아봐준다는 것은 김 씨의 미끼였다. 혜산 고향 사람이라고 무조건 믿은 게 잘못이었다. 혜산 사람이라는 김 씨의 말도 거짓일지도 모른다. 어쩌면 자신은 도망쳐 나오기 힘든 산간지방으로 팔려 갈지도 모를 일이었다. 그렇다면 도망칠 기회는 지금뿐이었다. 하지만 그녀는 중국말도 할 줄 몰랐고, 중국 신분증도 없었다. 공안에게 붙잡히면 꼼짝없이 북송을 당해야만 했다. 그녀는 망설였다. 북송의 위험을 무릅쓰고 여기서 탈출을 해야 하나, 아니면 팔려 가야 하나. 중국 남자의 아내가 되는 것은 어찌 보면 안전한 선택일 수도 있었다. 아까 여자가 말했던 것처럼.

혜산에서 보던 창바이는 실제 와서 보니 무해의 상상과는 꽤 달랐다. 노인은 굶지 않는데도 풍족해 보이지 않았다. 늙은 개는 입쌀밥과 고기를 먹고, 목줄에 매여 있지 않아도 자유롭게 보이지 않았다. 노인의 집을 드나들었던 사람들은 자동차를 가지고 있었고, 남의 운명을 손에 쥐고 있어도 그리 행복해 보이지 않았다. 마을은 집 앞까지 포장된 길이 들어왔지만, 아무 특징도 없는 무기력한 늙은 마을 같았다.

그 느낌의 정체가 무엇일까?

무해는 곰곰이 생각하다가 '권태'라는 말이 떠올랐다. 그랬다. 노인은 권태로워 보였다. 그는 마치 뻥두와 권태 사이에 놓인 줄을 아슬아슬하게 타고 있는 것 같았다.

오늘 낮에 왔던 사람들도 그저 관성대로 일을 하는 것처럼 보였다. 그들이 몰고 온 자동차 바퀴가 마당의 흙 부스러기들을 지그시 밟고 들어오는 소리도 무해의 귀에는 분명 권태로운 리듬으로 들렸다. 한여름에 녹아버린 스피커에서 들려오는, 소처럼 느린 그런 리듬.

철책을 따라 혜산의 국경 경비대원들의 구보하는 발걸음은 가벼웠다. 압록강을 끼고 있는 국경지대, 혜산은 늘 활기가 있었다. 혜산에 있을 땐 몰랐다. 무해가 혜산에 있을 때 강 건너의 세계가 가슴을 두근거리게 했었다. 하지만 낮에 본 이곳의 풍경은 마치 바람이 불어도 흔들리지 않는 그림자 같았다. 개조차 정물화 속의 움직이지 않는 그림처럼 느껴졌다. 배만 부르면 지옥에 떨어져도 좋다고 생각했지만, 막상 배가 부르고 등이 따뜻해지니 그녀의 생각은 달라지기 시작했다.

노인의 집을 탈출하기 위해서는 늙은 개 앞을 지나가야만 했다. 무해는 그의 집으로 들어올 때 짖었던 개가 신경이 쓰였다. 그녀는 노인을 한참 동안 바라보았다. 그는 별 움직임이 없었다. 잠든 것인지도 몰랐다. 그녀는 다리가 불편한 듯 자리에서 일어나 앉았다 하며 다리 운동을 하는 척했다. 그녀의 움직임에 노인은 별다른 반응을 보이지 않았다. 그녀는 조심스럽게 뱀처럼 방바닥을 기어서 그의 얼굴 앞에 자신의 얼굴을 가까이 갖다댔다. 여전히 그는 별 반응이 없었다. 그녀는 슬그머니 방문을 열었다. 만약 그가 깬다면 그녀는 화장실이 급하다고 변명할 참이었다. 이번에도 그는 별 반응이 없었다. 그녀는 방문 밖으로 자라처럼 머리를 내밀어 주위를 둘러봤다. 어슴푸레하게 부엌만 보였을 뿐, 주변은 어둠 속에 묻혀 있었다. 그녀는 방문을 열어놓은 채 뒤돌아서서 그의 얼굴을 다시 한번 찬찬히 살폈다. 그의 시선은 좀 전에 그녀가 앉았던 그 자리에 고정되어 있었다. 그는 뼁두에 취해 있거나 잠든 게 분명했다. 그녀는 예전에 사람이 마약에 중독되면 시간에 대한 감각이 달라진다는 말을 들은 적이 있었다.

사람이 마약을 하게 되면, 시간은 매우 느려지고, 때론 모든 것이 정지된 화면으로 보인다는 것이다. 지금 그에게는 더 이상 시간이 흐르지 않고, 방 안의 모든 사물이 멈춘 채로 있을지도 몰랐다. 어쩌면 지금 그가 바라보고 있는 것은 좀 전에 앉아 있었던 그녀의 모습일지도 모른다. 그녀는 열어놓은 방문 사이로 소리 없이 밖으로 나갔다. 방 안에서는 아무런 기척도 없었다. 한기가 발바닥을 타고 올라왔다.

지붕에 매달려 있는 전구 하나가 삿갓을 쓰고 있었다. 전구에서 노란 불빛이 쏟아졌다. 스테인리스 개밥 그릇이 불빛에 반짝였다. 낮에 개밥 그릇에 담겨 있었던 입쌀밥과 고기는 말끔히 비워져 있었다. 다행히 늙은 개는 짖지 않았다. 노란 불빛이 개의 척추를 따라 양 갈래로 물처럼 흘러내렸다. 바닥에 엎드려 있던 늙은 개는 눈을 감고 자다가 인기척에 눈을 떴다. 전구가 바람에 흔들거렸다. 노란 불빛 그림자가 마당에 어른거렸다. 늙은 개는 늘 보아온 풍경인 듯 별일 아니라는 듯이 다시 눈을 감았다. 주인을 위해 집을 지켜야 한다는 의무감이 없는 개였다. 아니면 짖을 때마다 시끄럽다며 주인에게 매질을 당했을지도 모른다.

해가 떨어지니 기온은 빠르게 떨어졌다. 이곳은 혜산보다 더 추웠다. 무해는 지금 떠나는 일이 옳은 일인지 확신이 서질 않았다. 불행이 걸어들어올 수 있는 문을 닫아놓으려면 스스로 확신을 만들어야 했다. 귀가 먹은 것 같은 고요함과 어둠 속에 오래 서 있으면 누구든지 떠나야 한다는 확신이 서게 된다. 중요한 선택을 할 때마다, 그녀는 자신의 뼈가 한 뼘쯤 자라는 걸 느꼈다.

무해는 하늘에 떠 있는 북두칠성을 바라보았다. 항해할 때 길잡이가 되었다던 북두칠성. 어머니가 생각났다. 어릴 적 어머니는 북두칠성에 대해서 이야기를 해준 적이 있었다. 북두칠성은 인간의 죽음을 결정하는 별이었다. 사람이 태어나는 것도 북두칠성에서 유래하고, 죽어서 돌아가는 곳도 하늘의 북두칠성이라고 했다. 북두칠성이 만드는 사각형은 하늘의 원천으로 은하수가 시작된 곳이며 영혼의 근원지였다. 하늘의 영혼을 받아들이기 위해 사람들은 북두칠성과 모양이 비슷한 것을 지상에 지었다. 그것이 바로 사각형의 우물이었다. 우물은 하늘의 영혼이 빠지는 곳으로서 북두칠성의 샘물을 받아들이는 곳이었다. 우물 정(井)자는 바로 북두칠성을 상징했다. 어머니는 강에서 생활용수를 긷는 것으로 하루를 시작했다. 압록강은 혜산의 우물이었다. 어머니는 지금 하늘의 푸르스름한 별, 북두칠성 우물에서 물을 길어 올리고 있었다.

무해의 부모님은 자식을 낳지 않으려고 했었다. 먹고살기가 힘들었기 때문이다. 하지만 북조선에서는 아이를 낳지 않으면 조국을 위해 일하는 일꾼으로 만들지 못한다고 해서 반역자 취급을 당했다. 할 수 없이 그들은 아이를 낳기로 했다. 아버지는 아들을 원했고, 어머니는 딸을 원했다. 어머니는 딸을 원한다는 말을 입 밖에 내지 못했다. 북조선에서는 남아선호 사상이 강했다. 북조선 가족법에서는 아들을 낳지 못할 경우, 타인의 아들을 입양할 수 있다는 규정도 있었다. 북조선에서는 근래 "아들을 많이 둔 엄마는 안전부 걸음을 자주 하고 딸을 많이 낳은 엄마는 우편국 걸음을 많이 한다"라는 말이 생겨났다. 아들을 많이 키우는 집안은 아무래도 장난이나 싸움을 많이 해서 안전부에 잡혀갈 일이 많다는 뜻이었다. 아들이 안전부에 잡혀가면 때로는 온 가족이 함께 추방을 당하거나 직위 해제를 당하기도 했다. 하지만 딸을 많이 낳으면 딸들이 부모에게 소포를 많이 보내주기 때문에 우체국에 자주 드나들게 된다는 뜻이었다. 그런 말들이 흔하게 유행처럼 나돌아다녀도 남아 선호사상이 여아 선호사상으로 바뀌지는 않았다. 아무튼 어머니는 딸을 낳기 위해 밤마다 몰래 북두칠성을 쳐다보며 칠성님께 빌었다고 했다. 그 기도 덕분인지 그녀는 무해를 낳았다.

무해의 어머니는 딸을 낳아 교원대학에 보내는 것이 소원이었다. 혜산에도 삼 년제 교원대학이 있었다. 교원대학을 가기 위해서는 체력시험에 합격해야 했다. 무해는 체력시험에 합격하기 위해 새벽에 일어나 수류탄 던지기, 창던지기, 높이뛰기, 팔백 미터 달리기를 부지런히 연습을 하곤 했다.

무해는 하늘에 떠 있는 북두칠성을 바라보며 어머니가 자신을 위해 빌었던 것처럼 이 마을을 무사히 떠날 수 있게 되기를 빌었다.

순간 무해는,

중요한 물건을 놓고 온 사실을 깨닫고, 그 자리에 붙들린 채 서 있었다.

초상휘장.

압록강을 건너기 전, 김 씨가 떼라고 했던 아버지에게 물려받은 초상휘장.

무해는 차마 떼지는 못하고 옷깃 뒤에 숨겨 달았던 초상휘장이 생각났다. 벗어놓은 옷에 휘장이 달려 있을 터였다. 그녀의 머릿속이 하얗게 얼어붙었다. 노인의 집으로 다시 돌아가는 수밖에 없었다. 초상휘장을 잃어버리는 일은 그녀에게는 상상도 할 수 없는 일이었다. 휘장을 장마당에 팔아넘겨서 공개 총살을 당한 사람도 있었다. 초상휘장은 여러 종류가 있었고, 계급에 따라 가슴에 달 수 있는 휘장이 달랐다.

무해는 무작정 뛰었다. 추운 줄도 모르고 있는 힘을 다해 뛰었다. 종일 노인이 해준 음식들이 달리는 데 도움이 되었다. 그녀는 지금 달리기 위해 낮에 그 훌륭한 음식들을 먹었나 하는 생각까지 들었다. 그녀는 다행이다 싶은 생각에 더 빨리 달렸다. 살이 찢기는 고통이 일더니 이내, 뺨에서 불이 났다. 눈꺼풀에 침을 쏘다 얼어 죽은 벌 한 마리가 붙어 있는 것처럼, 눈을 뜨기가 힘들었다.

마당으로 들어섰을 때 늙은 개는 아까처럼 여전히 바닥에 엎드려 자고 있었다. 노란 불빛에 스테인리스 밥그릇이 유난히 반짝였다. 그때 무해의 눈에 들어온 게 있었다. 무해의 머리는 소금에 절인 배추처럼 바싹 오그라들었다.

개밥.

무해가 이 집을 나갈 때는 분명 개밥 그릇이 비어 있었다. 늙은 개가 입쌀밥과 고기를 모두 먹은 것이다. 하지만 지금 개밥 그릇에는 하얀 입쌀밥이 수북하게 담겨 있었다. 그녀의 두 발바닥이 마당에 검은 뿌리를 내린 것처럼 쉽게 발이 떨어지지 않았다. 이 집에서 개에게 밥을 줄 사람은 개 주인인 노인밖에 없었다. 그는 언제 개밥을 준 것일까? 그는 그녀가 도망친 사실을 알고 있을까? 그는 일부러 그녀를 잡지 않았던 것일까? 아니면 뒤늦게 사실을 알아챈 것일까? 이제 그녀는 더는 대문을 나설 용기가 나지 않았다.

무해가 방으로 들어왔을 때, 노인은 그녀가 방을 나갈 때의 그 모습 그대로였다. 그는 여전히 뼹두에 취해 있는 것처럼 보였다. 그는 두 눈을 감고 있었다. 방 한쪽 구석에 그녀와 일행들이 벗어놓은 옷들이 작은 산처럼 쌓여 있었다. 그녀는 벗어놓은 상의를 찾기 시작했다. 그녀는 옷을 뒤적거렸다. 양쪽에서 잡아당긴 듯 공기는 터질 듯 팽팽했다. 그녀는 힐끔, 뒤돌아 그를 쳐다보았다.

노인이 감고 있던 눈을 떴다.

카스텔라

새벽녘, 미화원들은 등산객들이 전봇대에 버리고 간 쓰레기들을 수거해갔을 것이고, 보행기에 의지한 채 타인의 말과 말 사이를 빙빙 돌던 노인은 아무도 말을 건네는 사람이 없어 쓸쓸히 집에 돌아갔을 것이며, 계약만료가 두 달 남은 계약직 직원은 맥빠진 표정과 무거운 발걸음으로 퇴근길을 걸었을 것이다. 다른 동네로 이사 간 친구의 아파트가 몇 개월 사이에 수억으로 오른 일에 불안감과 시기심을 느낀 가난한 가정주부는 새벽 3시만 되면 잠에서 깼을지도 모른다. 이렇게 사소한 일상이 쌓이고 쌓여 어느새 여름이 끝나가고 있었다. 여름이 끝나가고 있다는 것은 자기 자리로 돌아가고 있다는 뜻이었다. 계절은 사라지는 게 아니라 다음 해에 다시 돌아오는 것이다. 그러니까, 규칙적으로 되풀이되는 것들 말이다.

무해는 계절을 생각하다가 문득, 자신의 처지가 떠올랐다. 여름도 식물처럼 꽃이 피고, 진다. 여름은 올해의 태양을 기억했다가 내년에 다시 태양 빛이 점점 강해지기 시작하면 그 자리로 되돌아간다. 건강하고 젊은 사람은 계절과 함께 시간을 돌고 돌지만, 죽음을 앞둔 사람에게 계절은 한번 지나가면 영원히 되돌아오지 않는 막다른 시간이었다. 치매는 기억을 잃었다가 다시 되돌아오는 것이 아니라 그냥 소멸, 그 자체였다.

무해는 창밖을 내다보며 지나간 여러 해의 여름날들을 생각하고, 또 생각했다. '그 여름날에 놓친 것들은 무엇일까?' 그러다가 그녀는 문득 단 하룻밤 사이에 갑자기 노인이 되어버리는 건 아닐까, 하는 두려운 생각이 들었다. 치매라는 병은 충분히 그럴 수 있었다. 그녀는 몇 해의 여름날을 아무런 대가도 없이 그냥 건너뛴 것 같았다. 그녀는 자신이 마치 편파적인 심판관을 만난 운동선수 같았다. '정말 이래도 되는 걸까?'

길 건너편에서 강아지 산책을 시키는 젊은 부부가 손뼉을 치며 웃어대고 있었다. '저들도 늙으면 기억을 잃어가겠지.' 젊은 부부는 마치 그런 불운은 자신들을 비껴갈 것처럼 천진난만하게 웃고 있었다.

무해는 아침을 먹고 나서 오늘은 종일 집에 있겠다고 말하는 모레에게 "생각난 김에 아빠 산소에 다녀오자"라고 말했다. 언제 다시 남편의 산소에 가게 될지 모를 일이었다. 이번이 마지막이 될 수도 있었다. 육체는 산소에 다시 갈 수도 있겠지만, 남편을 온전히 기억하는 상태로 갈 수 있을지는 장담하기 어려웠다. 영주 승용차인 아반떼를 타고 세 사람은 한 시간 만에 산소에 도

착했다. 젊은 남자가 운전을 해서 왔다면 사십 분 만에 도착할
수 있을 정도로 산소는 집과 가까운 거리에 있었다.

공원묘지 정문에서 좁은 길을 따라 오 분 정도 승용차로 올라
갔다. 마주 오는 승용차가 있다면 비껴가기 어려울 정도로 좁은
길이었다. 무해는 항상 이 길을 올라갈 때마다 마음이 조마조마
했다. 그런데 신기하게도 그녀는 지금까지 단 한 번도 마주 오는
차를 만난 적이 없었다. 이 길은 갓길도 없었고, 오른쪽은 낭떠
러지였다. 좁고 구불구불한 산길은 후진해서 차를 빼주기도 매
우 힘들었다. 특히 차 후진에 익숙하지 않은 초보 운전자들에겐
더더욱. 그녀는 융통성 없는 산길을 올라가면서 지금 자신이 처
해 있는 상황이 꼭 이 길을 닮았다는 생각이 들었다.

왼쪽은 산기슭을 따라 소나무, 잣나무, 굴참나무들이 줄지어
서 있었다. 노란색 리본이 매달려 있는 나무들도 있었다. 노란
리본을 맨 나무 밑에는 인형, 콜라, 과자, 작은 화분들이 옹기종
기 모여 있었다. 수목장이었다. 무해는 수목장을 한 나무에서 쉽
게 시선을 떼지 못했다. '부모가 어린 자식을 묻은 곳이 아닐까?'

영주는 울창한 밤나무 밑에 아반떼를 주차했다. 남편의 산소
는 두 갈래 길로 갈라지는 길목에 있었다. 오른쪽으로 갈라지는
길목에는 넓고 평평한 땅이 있었고, 넓은 그늘을 가진 밤나무가
있었다. 무해는 남편을 만나러 올 때마다 밤나무 밑에 차를 주차
했다. 왼쪽 길은 주로 등산객들이 다니는 길이었다. 가을이면 등
산객들은 길에 떨어진 밤을 주워 갔다.

무해는 차에서 내렸다. 오랜만에 시선이 멀리 갔다. 바다를 보

는 것처럼 눈이 시원했다. 산소를 등지고 앞을 바라보면 발아래 부드러운 산세를 가진 산들이 바다 위의 섬처럼 떠 있었다. 이곳에서 보는 일출과 일몰은 아름다웠다. 모래가 먼저 산소로 달려갔다. 무해는 멀리서 모래가 산소 주위를 한 바퀴 돌더니 두 팔을 벌려 봉분을 껴안는 모습을 보았다. 모래는 산소에 난 잔디를 손으로 쓰다듬으며 "아빠 나왔어. 나 보고 싶었지? 아빠, 보고 싶어. 사랑해"라고 먼저 안부를 건넸다. 남편에게 소식을 전하는 모래를 보고 그녀는 미소를 지었다.

"모래 아빠, 오랜만이에요. 무해랑 같이 왔어요. 잘 지내시죠?"

영주도 무해의 남편에게 인사를 건넸다.

얼마 안 있으면 추석이었다. 추석이 돌아오기 전에 공원묘지 관리소에서는 산소에 나 있는 잡풀들을 깨끗하게 뽑아낼 테지만, 무해는 산소와 그 주변에 나 있는 잡풀들을 손으로 쏙쏙 뽑아냈다. 모래가 물티슈로 묘비석에 묻은 흙먼지를 정성스레 닦아냈다. 영주는 보온병에 담아온 원두커피를 컵에 따라서 묘지 앞에 놓았다. 살아생전 그녀의 남편이 좋아했던 원두커피였다. 그녀는 남편과 함께 커피를 마시기 위해 원두커피를 종이컵에 따랐다.

무해는 느긋하게 커피 한 모금을 마시며 움직이지 않는 산과 대조적으로 옅은 바람에도 흔들리고 있는 나무들을 바라보았다. 부드러운 바람이 그녀의 뺨과 목덜미를 감쌌다. 어깨를 두드리는 누군가의 손길처럼 목덜미를 감싼 머리카락들이 바람에 들썩였다. 그녀는 이곳에 오면 자신이 일상에서 풍경을 잃어버리고 살았다는 사실을 늘 깨닫곤 했다. 그리고 다시 일상의 협소한 공간으로 돌아가면 좀 전에 했던 생각들을 까마득하게 잊었다. 이곳의 풍경은 위협적이지도 않고, 우월감이나 열등감도 없으며, 시간이 빠르거나 느리게 흘러가지도 않고, 슬프거나 기쁘지도 않았다. 그것은 굳이 애쓰지 않는 모습들이었다. 그녀는 그래서 좋았다. 그 모습들은 오히려 그녀에게 신뢰감을 주었다.

흔히 사람들은 나이 마흔을 넘으면 사상이든, 세계든, 삶이든 하늘 아래 새로운 게 없어진다고 말한다. 그래서 사람들은 나이가 들면 많은 것을 초월하게 될 거라 생각한다. 하지만 나이가 들면서 느끼는 것은 의심과 두려움뿐이었다. 이십대가 갖는 의심, 두려움과 다른 점이 있다면 걱정 때문에 식사하지 못하는 일은 없다는, 단지 그 차이뿐이었다. 요즘 무해는 에너지가 육체에서 모두 빠져나간 듯 홑껍데기 몸을 걸치고 있는 것 같았다. 운이 깡그리 바닥난 그런 느낌.

어쩌면 무해 자신이 가지고 태어난 모든 운은 압록강을 건널 때 죽지 않고 살아남은 쪽에 전부 쓰였을지도 모른다. 사람마다 가지고 태어나는 운. 그 외에 사용되는 운이 있다면 그게 진짜 행운일지도 몰랐다. 그렇게 따진다면 대한민국에서 살고 있는 삶은 행운으로 이어진, 덤으로 산 인생이었다. 이렇게라도 자신을 위로하지 않으면 지금 그녀는 견딜 방법이 없었다.

얼마 전, 무해는 노트에 기록하는 일을 포기했다. 문득, 기록하는 일이 무의미하다는 생각이 들어서였다. 어차피 잊어버릴 일을 기록한다는 것이 무의미하게 느껴져서가 아니었다. 그녀는 기억은 왜곡되고 재구성되기 때문에 기록보다 진실하지 않다고 생각했었다. 하지만 달리 생각해보면 기억이 만들어낸 허구는 기록보다 훨씬 진실했다. 기억 중에서 왜곡된 바로 그 지점은 결국 자신이 대상과 사물을 어떻게 생각하고, 어떻게 받아들이고 싶은지에 대한 진실을 담고 있기 때문이었다. 적어도 기억이 만들어낸 허구는 객관적인 사실만을 적는 기록보다는 진실했다. 그녀는 늙어가는 기억을 그냥 자연스럽게 받아들이기로 했다. 잃어버린 채로, 왜곡된 채로.

무해는 방수 돗자리를 펴고 앉았다.

무해와 남편은 서로 부재한 곳에 상대를 세워두었다.

삶 속에 무해를.

죽음 속에 남편을.

남편은 이제 죽어야 만날 수 있는 사람이 되었다.

남편에게 무슨 말을 해야 할까.

무해는 한참 동안 남편이 누워 있는 무덤을 바라보았다. 어쩌면 인간은 자기 자신이 인식하고 있는 죽음의 크기만큼만 인생을 사는 것인지도 모른다. 남편의 죽음은 단순 명료했고, 죽음 뒤에 남는 유가족의 감정도 놀라울 정도로 단순했다. 죽음은 투명할 정도로 명백해서 진짜처럼 잘 만들어진 가짜 같았다. 병은 인간에게 무관심했다. 그리고 인간은 병을 견디기 힘들어하는 만큼 권태로워했다. 하지만 그녀에게 있어 죽음은 아직, 상상 속의 일이었다. 최근 그녀는 현실 속에서 죽음의 흔적들을 찾아다녔다. 교통사고, 암 환자, 영안실…… 그리고 반대로, 초로기 치매 환자이면서 병을 이겨낸 사람이나 오래 산 환자들에 대한 정보를 캐고 다녔다. 그녀는 의사의 말을 뒤흔들 만한 증거들을 모든 키워드를 동원해서 찾아다녔다. 하지만 의사의 말은 바위처럼 너무나 견고해서 흔들 틈이 없었다.

'남편이 그토록 하고 싶었던 소설을 썼다면 암에 걸리지 않았을까?' 삶을 단단하게 만드는 방법은 의외로 쉬웠다. 좋아하는 일을 하면 삶은 단단해진다. '남편은 이 사실을 뒤늦게 깨달았던 것일까?' 국내에서 이름만 대면 모두가 알 만한 기업의 영업부장 자리는 남편에게 어울리지 않았다.

무해의 남편은 어린 시절 주변이 온통 산으로 둘러싸여 있는 교외에서 살았다. 마당이 넓은 성당을 이웃으로 둔 덕분에 어릴 때부터 그는 자연스럽게 성당 마당에서 놀았다. 그는 가족 중에서 영세를 가장 먼저 받았다. 어떤 계기로 무신론자인 가족 모두가 영세를 받게 되었는지는 잘 모르겠다고 그는 말했다. 그와 그의 부모님은 신앙심이 깊어서가 아니라 종교를 갖는 일상이 길고 긴 삶에 도움이 될 거라는 믿음 때문에 성당을 다니기 시작했다. 주말이 되면 그는 가족들과 함께 성당에서 미사를 드리고, 낯선 사람이 와도 잘 짖지 않는 순한 개를 돌보며 지냈다. 그와 가족들은 일출과 일몰, 날씨에 관심이 많았고, 아무런 사건도 일어나지 않는 지루한 하루가 지나가면, 행복한 하루를 보낸 것이라고 자위했다. 그들은 운에 많이 좌우되는 모험 같은 일은 세상에서 가장 위험한 일이며 소극적이고, 안전한 하루가 최상의 삶이라고 생각했다. 그는 유복한 가정에서 자랐고, 누이가 둘 있었다. 그는 외동아들이었기 때문에 부모님의 기대와 관심을 독차지했다. 욕심부릴 것도 없었고, 경쟁할 것도 없는 평온한 삶이었다.

무해의 남편은 유년 시절에 대해 특별히 기억하는 게 없었다. 그는 어제와 같은 오늘, 오늘과 같은 내일을 살았다. 그의 일상은 단조롭고 무난했다. 그는 학교에 다닐 때 결석은 물론 지각한 번 한 적 없고, 친구들에게 따돌림을 받거나, 선생님께 평생상처가 남을 정도로 크게 혼난 기억도 없었다. 그는 성적 때문에 비관해본 적도 없었고, 시간이 특별히 빠르게 흐르거나 느리게 흐른다고 느낀 적도 없었다. 늘 시간은 자신의 보폭과 같은 속도로 흘러갔다. 그는 살면서 특별히 자신의 의견을 신경 써서 말해야 할 정도로 남에게 의심을 받거나 억울한 일을 당한 적도 없었다. 그를 둘러싼 환경이 나빴던 적이 별로 없었고, 대체로 행운의 여신이 그에게 우호적이었기 때문에 타인에게 자신의 감정을 대입시켜야 할 상황들도 없었다. 대개 사람들이 타인을 의식하고 공감하게 되는 경우는 실패를 경험하고 좌절을 할 때였다. 그런 경험이 없는 그는 지극히 자기중심적인 사람이었다. 물론 그는 선한 사람이긴 했다.

무해의 남편이 그런 무난한 삶을 살 수 있었던 이유는 부유했던 가정형편과 무난한 가족들의 성향, 소극적인 삶의 태도, 행운들이었다. 그녀가 그에게 세상에서 태어나 가장 두려웠거나 슬펐던 일이 무엇이었냐고 물었을 때, 그는 일 초의 망설임도 없이 '쫑'이 죽었을 때라고 말했다. 그 말을 들었을 때 그녀는 어이가 없었다. '쫑'은 그의 가족들이 애지중지 키우던 개였다. 몸집이 큰 검둥개였는데, 그의 아버지는 그 개를 앞마당에서 키웠고, 목줄을 매어놓았다. 어느 늦가을 새벽, 그는 몰래 앞마당으로 나와 쫑의 목줄을 풀었다. 쫑이 밤새 동네를 돌아다니며 자유롭게 놀기를 바라면서.

그런데 다음날 아침, 쫑이 없어졌다. 무해의 남편과 가족들은 사방팔방으로 쫑을 찾아다녔다. 뒤뜰에서 죽은 쫑을 가장 먼저 발견한 사람은 그였다. 쫑은 입에 흰 거품을 물고 있었고, 몸은 이미 뻣뻣하게 굳어 있었다. 뒤뜰에서 발견된 것으로 보아 쫑은 그의 바람대로 밤새 동네 이곳저곳을 돌아다닌 듯했다. 그의 아버지는 쫑이 아마도 쥐를 죽이기 위해 쳐놓았던 쥐약을 먹은 것 같다고 그에게 말했다. 그는 그날의 사건에 대해서 상세히 기억하고 있었다. 다소 쌀쌀했던 공기, 부엌에서 어머니의 아침 식사 준비로 인해 습도가 높아진 거실. 쫑을 발견했을 때 귓등에서 뛰었던 심장 소리. 화단에 심어놓은 나무 밑에 쫑을 묻고 집 안으로 들어왔을 때, 안경이 뿌옇게 흐려져서 세상이 잘 보이지 않았던 일…… 그는 쫑이 죽은 날, 울지 않았다. 그가 쫑 때문에 울었던 날은 쫑이 죽은 지 몇 년이 흐른 어느 날, 앞마당에 여전히 남아 있었던 쫑의 목걸이를 발견했을 때였다. 이미 부재한 주인을 대신해 남아버린 목걸이. 인간은 죽음을 상상할 수 없기 때문에 대신 부재를 통해서만 겨우 인식할 수 있었다.

무해의 시어머니는 살면서 가장 힘들었던 순간은 외아들이 소설을 쓰겠다고 선언했던 순간이었다고 무해에게 말했다. 살면서 가장 힘들었던 순간이 겨우……? 그 말을 들었을 때 그녀는 어이가 없었다. 무해의 시어머니는 그날이 생각났는지 한숨을 쉬었다. 시어머니는 아들의 말을 들었을 때, 아들이 개미와 베짱이 동화에 나오는 한심한 베짱이처럼 보였다고 말했다. 그 당시, 시어머니의 지인들과 친척들은 다들 혀를 차며 그에 대해 걱정들을 했었다.

무해는 남편과 시부모님이 가장 힘들었던 과거에 대해서 말을 꺼낼 때마다, 자신의 삶과 너무 다른 그들의 삶이 무척 부러웠다. 그녀는 그렇게 무난하고 부유하게 살았던 그가 왜 소설을 쓰고 싶어 했는지 궁금했다. 그녀가 보기엔 그는 세상에 대해 할 말이 별로 없을 것 같았다. 그의 대답은 의외였다. 그는 열등감과 회의주의가 글을 쓰게 만들었다고 그녀에게 말했다. 그는 대한민국에서 태어나는 순간, 열등감을 가지고 태어났고, 또래들이 관심을 두는 것에는 흥미가 없었으며, 일찌감치 철학에 빠져 있었다고 그녀에게 말했다. 그는 무난한 유년기를 보냈지만, 행복하지는 않았다. 그는 몰입하며 소설을 쓸 때 가장 행복했다. 그녀는 그가 몰입을 좋아하는 것인지 아니면, 소설 쓰기를 좋아하는 것인지 가끔 헷갈렸다. 어쩌면 그는 몰입했을 때 열등감에 가득 찬 자신의 모습을 잊을 수 있어서 소설 쓰기를 좋아했는지도 모른다. 그는 소설을 쓸 때는 세상 풍경이 손톱만큼 작아지고, 세계와 독대하고 있다는 느낌이 든다고 말했다. 그가 소설 쓰기를 그만두었을 때는 반대로, 세상은 다시 거대한 산처럼 변해 있고, 그는 손톱만 한 크기로 줄어 있었다.

결혼하기 전, 무해는 남편에게 물었다.

"죽음에 대해서 소설을 써본 적이 있어요?"

남편은 죽음에 대한 소설을 한 번도 써본 적이 없다고 대답했다.

"무난하게 산 사람은 무난한 글만 쓸 수 있는 거 아니에요? 죽음을 상상할 수 있나요? 죽음에 대해서 한 번도 깊이 고민해본 적이 없는 사람이 삶에 대해서 말할 게 있을까요?"

무해는 그때 남편에게 했던 말을 후회했다. 그 당시, 그녀는 자신이 겪은 경험들은 대단한 일들이며, 생사를 넘나드는 경험을 하지 못한 다른 사람들의 경험들은 다 하찮다고 생각하고 있었다.

남편은 독서, 글쓰기, 산책으로 이루어진 단순한 삶을 원했다. 하지만 그런 일상은 안전하지 않았다. 그는 안전한 삶으로 돌아갔다. 이름만 대면 누구나 알 수 있는 대기업의 사원이 되는 것은 비교적 안전한 길이었다. 그는 알았다. 안전한 삶으로 돌아간 대가로 자신을 둘러싼 세계에서 자신은 언젠가 점점 작아져 소멸할 거라는 것을. 그는 평균 수명도 살지 못하고, 죽어서야 죽음의 소설을 몸소 완성했다.

남편과 무해는 살아온 환경도, 성향도 정반대였다. 낙관에 둘러싸인 그는 늘 비관을 바라보며 결핍을 느꼈고, 비관에 둘러싸인 그녀는 낙관을 바라보며 일상을 버텼다.

산들은 깨끗한 하늘을 배경으로 부드러운 곡선을 만들었다. 오늘은 해가 좋은 날이었다. 가을 햇빛은 강렬하지 않고, 유순해서 좋았다. 어디서 불어오는지 방향을 알 수 없는 바람이 불어왔다. 바람 끝에 달콤함이 묻어났다. 숲속에서 부는 바람에서는 가끔 콩 볶는 고소한 냄새가 났고, 때로는 꽃잎에서 나는 달콤한 냄새가 났다.

고소한 콩 볶은 냄새와 카스텔라처럼 달콤한 냄새가 나는 아이가 있었다. 그런 체취가 나는 사람도 있느냐고 묻는다면, 아이의 체취가 그렇다고 대답할 수 있었다. 콩 농사를 짓는 농부의 딸이었으므로 콩 냄새가 났고, 엄마가 만들어준 유일한 간식거리인 카스텔라를 자주 먹었기 때문에 달콤한 카스텔라 냄새가 났다. 남편이 이 세상에 있었다면 결코 하지 못할 이야기를 무해는 오늘 하고 싶었다.

무해가 그 시절을 잊지 않고, 끊임없이 소환하는 까닭은 아마도 그 시절을 빌려 지금 여기의 이야기를 하고 싶기 때문인지도 모른다. 그런 용도마저 없었으면 그녀는 그 시절을 철저하게 폐기했을 것이다. 그녀에게는 시간을 차곡차곡 쌓지 못하고 무기력하게 밖으로 흘려버린 시절이 있었다. 그녀가 지평선을 바라보았다. 그 시절의 시간들이 먼 산을 타고 이곳으로 넘어왔다.

무해에게는 사람들이 붙여놓은 표현들이 많았다.

반역자, 환향녀, 탈북자, 후이구가, 무국적자, 난민, 불법체류자.

그리고 무해 자신이 심적으로 느끼는 이름은 이방인, 외국인이었다.

그저, 강 하나를 넘었을 뿐인데 무해에게 달라붙은 이름은 이렇게도 많았다.

병자호란 때 조선의 여자들은 청나라로 팔려 갔다. 그녀들이 다시 조국으로 돌아왔을 때 '환향녀'라는 이름으로 멸시를 당했다. 그로부터 사백여 년이 지난 오늘날에는 북조선의 여자들이 강을 넘어 중국으로 팔려 갔다. 사람들은 그녀들을 보고 '환향녀'라고 불렀다. '화냥녀'의 어원인 '환향녀'였다. 무해는 '환향녀'였다. '환향녀' 그녀는 중국에서 다시 다른 이름으로 불렸다.

후이구가.

후이구가는 '검은 사람'이라는 뜻이었다. '검은 사람'은 호적이 없는 사람을 중국에서 부르는 이름이었다. 호적이 없으면 불법 체류자 신분으로 언제든지 북송을 당할 수가 있었다. '후이구가'는 보험 혜택을 받지 못해 병원도 가지 못하고, 중국 공안들의 검문 때문에 기차나 버스도 탈 수 없었다. 중국에서는 호적이 없는 사람들을 천하게 여겼다. 죽으면 길가에 버려질 수 있는 사람들이 '후이구가'였다.

무해는 옥수수와 콩 농사를 짓는 농부에게 팔렸다. 농부가 사는 곳은 중국의 내륙지방, 외딴 마을이었다. 그녀는 창바이에 위치한 더럽고 냄새나는 작은 아파트에서 농부에게 팔릴 때까지 삼 개월을 갇혀 지냈다. 외출은 불가능했다. 아파트 문 쪽으로 조금만 다가가도 브로커는 "비에동, 비에동" 하면서 큰소리로 외쳤다. 중국말로 '움직이지 말라'라는 뜻이었다. 브로커는 붙잡힌 북조선의 여자들에게 자신의 시아오시푸, 즉 작은 마누라가 되면 팔려 가지 않아도 되고, 죽은 여자의 호적을 사주겠다고 치근덕대기도 했다. 아파트는 거실 이쪽 벽에서 두 번 몸을 뒤집으면 저쪽 벽에 몸이 닿았다. 주방 겸 거실과 방 하나가 딸린 원룸이었다. 그곳에서 일곱 명의 북조선 여자들이 복닥거리며 지냈다. 일곱 명의 여자들은 모두 '후이구가'였다. 가끔 그녀는 브로커의 제안에 마음이 흔들리기도 했다. 적어도 브로커의 아내가 된다면 산세가 험한 시골로 가지 않고 도시에 살 수 있었다. 하지만 브로커의 아내가 된다면 북조선 여자들을 사고파는 일에 가담해야 했다. 아무튼 브로커는 맛있는 음식들을 자유롭게 먹을 수 있게 했다. 처음에는 풍족한 음식을 제공해주는 그들의 행동에 대해 그녀는 의구심이 들었다. 하지만 특별한 이유가 있어서 그런 게 아니라 팔려 가는 사람들의 건강을 유지하기 위해서였다. 팔려 가는 사람들도 최상급의 상품처럼 몸이 건강해야 잘 팔렸다. 그녀는 먹을 수 있는 만큼 음식을 먹었다. 최선을 다해 열심히 먹었다. 살을 통통하게 찌워서 하루라도 빨리 이곳을 벗어나 팔려 나가고 싶었다. 이곳에서는 도망칠 다른 방법이 없었기 때문이었다. 항상 감시자가 있었고, 창문에는 창살이 촘촘히 박혀 있었다.

식사 당번일 때, 무해는 찬장을 열었다가 무슨 물건을 꺼내려 했는지 잊은 채로 멍하니 목석처럼 서 있을 때가 많았다. 그러다가 접시라도 깨뜨리게 되면 유일하게 그 순간에만 현실로 되돌아오곤 했다. 세상에 태어나서 가장 한가한 시간을 보내고 있었던 그녀는 그렇게 자주 정신을 놓았다. 좁은 공간에서의 지극히 동물적인 단순한 생활은 현실감각을 무디게 만들었고, 시간 감각을 퇴화시켰으며, 정신을 자주 육체에서 이탈하게 했다. 가끔 그녀는 도망치기도 전에 늙어버리는 건 아닌가 하는 절망감에 휩싸였다. 그 시절, 냄새나고 지저분한 창바이 아파트에서 그녀가 자주 꾸던 악몽들은, 뜨개질을 잠깐 했을 뿐인데 순식간에 백발의 할머니가 되거나 죽음을 앞둔 노인과 결혼하는 그런 꿈들이었다.

무해는 금방 살이 붙기 시작했다. 나중에는 살이 너무 쪄서 옷의 치수가 맞지 않아 브로커가 시장으로 그녀의 옷을 자주 사러나가야 했다. 그녀는 아파트에 사람을 사러 온 사람들 중, 자신에게 관심을 보이며 이리저리 외모를 살펴보는 사람들에게 살이 찐 몸을 자랑했다. 북조선에서 살이 찐 몸은 부의 상징이었다. 그녀는 두꺼운 허리, 출렁이는 뱃살, 겹치는 턱을 노골적으로 드러냈다. 그녀는 양팔을 접어 올리며 두 주먹을 불끈 쥐고 이빨을 드러내며 으르렁거리기도 했다. 일하는 데에 힘을 잘 쓸 수 있다는 몸짓이었다. 말이 통하지 않으니 그녀는 그렇게 표현할 수밖에 없었다. 중국 드라마를 보면 중국인들이 이런 행동을 하는 것을 자주 볼 수 있었다. 특히 사극 속에서 노예로 팔려 나가는 여자들이 낙찰되기 직전에 이빨을 드러내고 으르렁거리곤 했다. 그녀는 자신이 그런 행동을 할 때마다 미쳐가는 것은 아닌지 겁이 덜컥 나기도 했다. 삶이 무료해서 그랬을까? 그녀는 자신도 이해할 수 없는 미친 행동들을 하곤 했다. 사실 미친 행동들을 하고 나면 얼마간 맘이 풀리면서 다시 버틸 힘이 생겼다.

무해는 일곱 명의 '후이구가' 중 가장 마지막에 팔려 나갔다. 그 이유는 너무 뚱뚱했기 때문이었다. 사람들은 그녀를 보고 게을러 보이고, 아이도 잘 낳지 못할 것 같고, 집의 식량이 남아날 것 같지 않다고 생각했고 그래서 그녀를 꺼렸다. 브로커는 두 끼로 그녀의 식사를 줄였고, 화장품을 사다가 그녀에게 화장을 하게 했다. 그녀는 전략을 바꿨다. 자신을 살피고 있는 구매자의 시선이 다소 실망스러운 느낌이 들면, 앞으로 중국어를 열심히 배우고, 충직한 아내와 효부가 되겠다고 말했다. 그렇게 그녀는 삼 개월 만에 간신히 팔렸다. 가장 헐값에.

북조선의 여자들이 팔려 가는 가장 큰 원인은 중국의 북송 정책 때문이었다. 그게 아니라면 팔려 갈 일이 없었을지도 모른다. 후이구가들은 북송당해서 총살당하는 것보다 차라리 시집을 가는 게 나았다. 브로커들은 후이구가들의 그런 불안한 심리를 이용했다. 결국 북송 정책이 노예시장을 만든 셈이 되어버렸다.

삼 개월 만에, 무해는 창바이 시내로 나왔다. 니트의 성긴 올 사이로 기분 좋은 바람이 새어들어왔다. 종일 햇볕을 쬐면서 지나가는 사람들만 구경을 해도 지루하지 않을 것 같았다. 창바이 시내로 그녀를 데리고 나온 사람은 그녀의 남편이 될 농부의 어머니였다. 그러니까, 그녀의 시어머니였다. 시어머니는 왜소했다. 얼굴은 햇볕에 그을려 새까맣고 온통 굵은 주름투성이였다. 주름 사이사이에는 땀이 고여서 번질거렸다. 시어머니는 노인치고 걸음이 빨랐다. 시어머니는 손가락으로 자신의 가슴을 가리키며 "쯔, 쯔, 쯔"라고 말했다. '쯔'는 시어머니의 이름이었다.

"쯔."

무해가 손가락으로 시어머니를 가리키며 말했다. 그녀가 자신의 말을 알아들었다고 생각했는지 시어머니는 누런 치아를 드러내며 웃었다. 시어머니의 앞니 두 개는 텅 비어 있었다.

쯔는 다리를 건너 사람들이 붐비는 시장 쪽으로 걸어갔다. 좁은 길을 따라 도랑이 있고, 그 주변으로 마을이 특별한 의도가 없는 듯 무질서하게 배열되어 있었다. 그녀는 잠시 멈춰 서서 어디론가 흘러가는 도랑물을 바라보았다. '혹시 도랑물이 압록강으로 흘러 들어가는 것은 아닐까?'

'난 조국을 배신한 게 아니야. 내 육체를 생물학적으로 살리기 위해 이곳에 잠시 온 것뿐이라고. 때가 되면 다시 돌아갈게.'

무해는 도랑물에 자신의 말을 던졌다. 도랑물에 던져진 말은 북조선까지 흘러들어갈 것만 같았다. 강물에 띄운 말을 혜산의 누군가 건져주길 그녀는 바랐다.

도랑을 지나자 손님들과 장사꾼들이 좌판을 사이에 두고 흥정하는 소리로 주위가 시끄러웠다. 중국어는 성조 때문인지 조선어보다 더 시끄럽게 들렸다. 중국은 어느 쪽을 보더라도 북조선보다 확실히 윤택해 보였다. 도시는 음식 냄새로 가득했다. 사람들이 입고 다니는 옷의 질감은 만져보지 않아도 좋다는 것을 알 수 있을 정도였고, 옷감의 색깔도 밝았으며, 사람들의 피부는 반질반질 윤택해 보였다. 허리둘레가 두꺼운 사람들이 눈에 많이 띄었고, 어린아이들의 볼은 진달래빛 혈색이 돌았으며, 노인들의 표정도 밝았다. 여자들의 목소리 톤은 즐겁게 노래라도 부르는 듯 높았다. 도시에 사는 아이들과 노인들의 표정들을 보면 대충 그 도시가 어떤 곳인지 알 수 있었다. 그들에겐 시간을 재촉하지 않는 여유가 있었다. 그들의 얼굴에는 맛있는 음식으로 배를 쉽게 채울 수 있는 사람들만이 가진 그런 표정들이 있었다. 그리고 거리에는 권태로운 시간의 속도를 조금 빠르게 이어줄 수 있는 자동차와 자전거가 너무 흔했다.

사람들로 붐비는 시장은 회색의 단층, 이 층, 삼 층 건물들이 줄지어 있었다. 삼 층 이상의 건물은 보이지 않았다. 빨간색의 간판이 유독 눈에 많이 띄었다. 조선말로 '약방집'이라고 읽을 수 있는 빨간색 간판이었다. '약방집' 간판은 몇 집 건너에 하나씩 있을 정도로 많았다. 길거리에 앉아 낫으로 머리를 미는 남자도 있었고, 나무 의자에 앉아 그녀처럼 지나가는 사람들을 구경하는 노인도 있었다. 그녀는 노인과 눈이 마주치자, 같은 구경꾼으로서 부끄러운 마음이 들었다. 그러면서도 서로를 구경하기에 바빴다. 떼를 쓰다 엄마한테 혼이 나서 울음을 터뜨리는 어린아이도 보였다. 그녀는 맑고 밝은 햇빛에 눈이 부셨다. 주황색의 지붕과 하얀색의 벽들이 초록의 산야와 대조를 이루었다.

무해는 사람들 틈에 섞여서 쯔의 뒤를 천천히 따라갔다. 그녀는 건어물과 생선, 과일을 구경했다. 쯔는 자주 걸음을 멈추고, 걸음이 느린 그녀를 기다리며 자주 뒤돌아보았다. 그러다가 한 좌판으로 다가가 허리를 굽혔다. 좌판에는 알록달록한 수십 종류의 사탕들이 진열되어 있었다. 색깔이 너무 고와서 무해는 넋을 잃고 한참 동안 쳐다보았다. 쯔는 사탕을 색깔별로 골고루 비닐봉지에 담았다. 쯔는 노란 카스텔라도 봉지에 하나 가득 담았다. 쯔는 사탕과 카스텔라를 담은 비닐봉지 두 개를 그녀의 손에 들려주었다. 쯔는 쩝쩝 소리를 내며 손가락으로 입을 가리켰다. 사탕과 카스텔라를 먹으라는 뜻이었다. 그녀는 과일 향이 나는 투명한 주황색의 사탕 하나를 입에 넣었다. 어디선가 휘파람 소리가 들려왔다. 중국에서는 결혼식을 하는 신랑과 신부가 하객들에게 답례품으로 사탕을 나누어 주었다. 그런 사탕을 중국 말로 '시탕'이라고 했다. 달달하고 행복한 결혼생활을 기원하는 뜻이 담긴 시탕이었다. 오늘은 그녀가 팔려 가는 날이자 시집가는 날이기도 하니 쯔가 자신에게 사탕을 주는 것이라고 무해는 생각했다. 그녀는 아파트에서 배웠던 중국어로 쯔에게 인사를 했다.

"씨에씨에."

고맙다는 무해의 서툰 중국말을 듣고, 쯔가 웃었다.

무해는 한 손에 비닐봉지를 들고, 이따금 카스텔라를 꺼내 먹으면서 쯔를 따라 이곳저곳을 걸어다녔다. 카스텔라의 질감은 가볍지 않았고 단단했으며 부드럽고 달콤했다. 어렸을 때 그녀의 아버지가 중국에서 밀수해온 그 카스텔라의 맛이었다. 맛에 대한 기억은 오래가고, 힘이 셌다.

무해가 어렸을 때 먹어본 카스텔라의 달콤함과 부드러움은 비일상의 이미지를 가진 맛이었다. 카스텔라의 달콤함은 행복한 상상으로 이끌었고, 부드러움은 기분 좋은 낙관이 가슴속에 스며들게 했다. 그녀는 아버지가 밀수해온 카스텔라를 먹으면서 비일상의 상상을 만끽했었다. 그때부터 그녀는 강 건너를 바라보고 상상하기 시작했다. 그리고 그녀는 궁금증이 생겼다. 왜 우리는 카스텔라를 밀수를 통해서만 먹을 수 있을까? 왜 우리는 중국인들처럼 카스텔라를 쉽게 시장에서 사먹을 수 없을까?

아버지가 실종된 이후에도 무해에게는 이따금 카스텔라를 먹었던 그 기분을 생각하는 순간들이 있었다. 그리고 그녀는 북조선보다 카스텔라가 흔한 중국에서 더 자주 카스텔라에 대해 생각했다. 그런데 더 이상하게도 중국보다 카스텔라가 더 흔한 대한민국에서는 중국에서보다 더 자주 카스텔라에 대한 생각이 났다.

무해는 쯔와 함께 오랜 시간 버스를 타고 갔다. 마치 같은 장면을 보고 있는 듯 창밖으로 똑같은 산들이 지나갔다. 그녀는 오래된 혁명영화를 보는 것처럼 너무 지루했다. 엉덩이는 감각이 없어진 지 오래였다. 그녀는 창바이 아파트에 있을 때, 앞으로 살면서 이보다 더 지루한 순간은 없을 거라고 생각했었다. 쯔의 집으로 가는 길은 생각지도 못한 지루함이어서 그녀는 당황했다. 도로는 뱀들이 입에 꼬리를 물고 있는 듯 구불구불했다. 버스가 반대편 차선에서 느닷없이 나타났다 사라지기를 반복했다. 그럴 때마다 그녀의 심장은 바짝 오그라들고, 오장육부가 맘대로 뒤섞였다. 버스는 안으로, 안으로 끝없이 미끄러져 들어갔다. 그녀는 너무 멀리 가는 것은 아닌지 불안했다. 다시 되돌아나올 수 있을까? 산세가 험한 산이 위압적인 자세로 그녀의 시야를 가로막았다. 쯔는 피곤한지 초췌한 얼굴로 꾸벅꾸벅 졸았다. 졸고 있는 쯔의 모습을 볼 때마다 탈출하고 싶은 욕망이 출렁거렸고, 알 수 없는 다른 마음이 그런 욕망을 달래느라 애썼다. 그녀는 버스조차도 목숨을 걸고 타야 하는 '검은 사람'일 뿐이었다.

버스가 몇 시간을 달리자, 산의 높이가 점점 낮아지기 시작하더니 어느새 사라졌다. 이번에는 산 대신 가로수가 나타났다. 대신 도로는 나빠지기 시작했다. 그 다음엔 산 대신 나타났던 가로수도 사라졌다. 무해는 마을에 가까워진 것을 직감적으로 알았다. '이렇게 외진 첩첩산중에서 무엇에 의지하고 어떻게 시간을 보낼까?' 열린 창문으로 낯선 공기와 함께 바람이 불어왔다. 특이한 쌀 냄새가 나는 동네였다.

무해는 이제 곧 만나게 될 남편은 어떤 사람일까 궁금했다. 여자를 때리지도 않고, 장애인도 아니며 대소변을 받아내야 할 노인도 아니고, 지능이 낮은 사람도 아니기를 그녀는 간절히 바랐다. 혜산에서 흔히 볼 수 있는 평범한 남자라면 그것으로 충분했다. 그러다가 그녀는 다시 생각을 고쳐먹고, 설사 아버지뻘 되는 남자라 할지라도 정상이면 괜찮다고 생각했다. 운이 따라주지 않는다면, 그녀는 다른 곳으로 되팔려 갈 수 있었다. 인신매매도 환불 보증기간이 있었다. 일 년이었다.

밭에서 농부들이 콩을 심고 있었다. 가옥들은 콩밭에 밀려나 한쪽에 일정한 간격을 두고 있었다. 콩밭을 보고, 그녀는 자신이 해야 할 일을 어렴풋이 눈치챘다. 그녀는 쯔를 따라 흰색 벽과 양철 지붕을 한 집으로 들어갔다. 마당 한쪽에 심어져 있는 작은 나무 한 그루와 벽에 세워져 있는 사람 키만 한 빗자루가 사람 사는 집임을 알려주었다. 집을 보자마자 그녀는 실망을 했다. 혜산 집보다 허름했다. '북조선보다 풍족하게 사는 나라에 이렇게 가난하게 사는 사람들도 있을까? 첩첩산중으로 둘러싸인 이곳에서 쓰는 무엇에 마음을 의존하고 살았을까?' 그녀는 궁금했다. 앞으로 그녀가 자신에게 물어야 할 질문이었다.

무해는 쓰를 따라 나무를 자주색 페인트로 칠한 문을 열고 부엌 안으로 들어갔다. 쓰는 부엌으로 들어가자마자 가장 먼저 가마솥에 물부터 끓였다. 부엌이라기보다는 창고 같았다. 부엌에는 살림하는 그릇들보다는 살림과 관계없는 물건들이 더 많았다. 마주 보고 있는 양쪽 벽에는 두 개의 부뚜막이 있었다. 부뚜막에는 작은 돼지 한 마리가 들어가도 될 정도로 큰 가마솥이 걸려 있었다. 가마솥 주위에는 낫, 빈병, 목장갑, 벽돌, 제면기, 망치 들이 널려 있었다.

가마솥에서 김이 새어나오자, 쓰는 부엌과 연결된 창고로 무해를 데려가 옷을 벗겼다. 쓰는 새로 산 물건을 살펴보듯이 그녀의 몸을 구석구석 꼼꼼히 살펴보았다. 쓰가 그녀의 몸을 살펴본 이유는 문신을 찾기 위해서였다. 매춘부인지 아닌지를 확인하는 것이다. 물품이 집에 도착했으니 쓰는 물건을 살펴보고 환불을 해야 할지 말아야 할지를 결정해야 했다. 문신을 발견하지 못한 쓰는 그녀의 몸을 정성껏 씻겨주었다. 목욕이 끝난 그녀는 쓰의 하나밖에 없는 외아들 방으로 들여보내졌다.

남자는 특이할 것 없는 그저 평범하고 건강해 보이는 이십대의 한족이었다. 나이가 마흔 살 이상 차이 나는 노인에게 팔려 가는 '후이구가'도 많았다. 무해는 남자를 보자마자 다행이다 싶은 마음에 안도의 한숨을 내쉬었다. 깔끔하게 친 짧은 머리에 얼굴은 비교적 잘생긴 남자였다. 그는 그녀를 꽤 기다렸던 것 같기도 하고, 아닌 것 같기도 했다. 그는 수줍음을 타는 것 같기도 하고, 아닌 것 같기도 했다. 혜산에 사는 남자였다면 그녀는 표정으로 상대방의 심리 상태를 조금이라도 엿볼 수 있었을 테지만, 생김새는 비슷해도 중국은 역시 다른 나라라서 그런지 외국인 남자의 심리 상태를 읽을 수가 없었다. 그런데 이렇게 괜찮은 남자가 왜 돈으로 여자를 사려고 했는지 그녀는 무척 궁금했다. 첩첩산중에 가난한 집이라는 점 빼고는 달리 이상한 점이 없는 남자였다. 이 정도의 남자라면 왜 도시에 나가지 않았을까? 이런저런 의문점이 시간이 갈수록 늘어나자, 그녀는 불안해지기 시작했다.

남자는 무해에게 가까이 오라는 손짓을 했다. 그녀는 선뜻 그에게 다가가지 못하고, 누가 한쪽 벽에 내몬 것처럼 벽에 등을 대고 서 있었다. 그는 자리에서 일어나 신부를 데리러 가지 않고 굳이 오라고 손짓한 이유를 설명이라도 하듯이 다리에 덮고 있던 이불을 제쳤다. 그는 무릎 아래 다리가 없었다.

일 년 이내에 도망칠 수 있을 거라는 무해의 생각은 착오였다. 아이가 생겼기 때문이었다. 귀여운 딸이었다. 왕페이. 쯔가 지어준 딸의 이름이었다. 마을에서는 딸을 아들이 되지 못한 실패한 출산의 결과물, 잉여적 존재로 취급했다. 그들 방식대로 말한다면 그녀는 출산에 실패한 어머니였다. 그녀는 아이를 낳고 알았다. 아이를 낳고 기르는 건 어머니이지만, 세상이 아이에 대한 모든 권리를 불합리할 정도로 아버지에게만 몰아주었다는 사실을.

페이는 복숭아 같은 동그란 이마와 검은 포도 같은 까만 눈동자를 가진 아이였다. 쯔는 아들이 되지 못한 페이를 천시했다. 하지만 쯔는 악한 사람은 아니었다. 쯔 역시 그런 대우를 받으면서 평생 살아왔고, 그런 세계가 그녀에겐 삶의 기준이 되었으며, 그저 살아온 방식대로 사는 것뿐이었다. 쯔는 출산 후 무해를 창바이 시내에 있는 치과 병원에 데리고 가서 충치를 치료해주었다. 출산 선물이었다. 쯔는 그녀가 아직 젊으니 아들을 낳을 수 있다고 생각하는 모양이었다. 쯔는 호적이 없는 '후이구가' 며느리를 위해 보험 혜택도 없이 비싼 병원비를 물며 치료를 해주었다. 오랫동안 앓아온 치통이 없어졌을 때, 그녀는 이곳에 눌러 살아도 될까, 하는 유혹에 잠시 빠지기도 했다. 치통만 없어도 신세계에 사는 듯했다. 하지만 간사하게도 그 생각은 반나절도 버텨내지 못했다. 충치를 치료해준 쯔는 장애인인 아들 몫까지 더 많은 농사와 집안일을 해야 하고, 밤마다 아들을 낳기 위해 더욱더 열심히 노력해야 한다고 말했다.

쯔는 페이에게 교육을 시키지 않았다. 무해는 페이에게 조선말과 혁명 노래를 가르쳐주었고, 소년단의 맹세를 틈만 나면 읊어주었다.

"나이가 어리다고 결심도 작으랴. 내 가슴 넥타이는 소년단 맹세다…… 사로청 후비대 준비되었다. 항상 준비다!"

페이는 누가 가르쳐주지 않아도 본능적으로 자신의 운명과
해야 할 일을 알았다. 콩 타작을 할 때면 흘린 콩들을 줍고, 개밥
을 챙기거나 마당을 쓸었다. 쯔는 페이 키에 맞는 작은 빗자루를
만들어주었다. 쯔에게는 손녀인 페이가 대를 이어 일할 수 있는
노동력이었다.

쯔는 마당에서 키울 수 있는 개도 데려왔고, 냉장고, 전기밥통
도 사주었다. 쯔는 며느리가 정을 들일 만한 것들을 많이 만들어
주면, 도망가지 않으리라 생각하는 모양이었다. 개, 냉장고, 전
기밥통은 쯔가 생각하는 정들일 만한 물건들이었다. 무해는 쯔
가 사준 중국산 만능 전기밥통으로 카스텔라를 만들어 페이에
게 먹였다.

북조선만큼은 아니지만, 이곳도 거친 세계였다. 여름과 겨울
의 혹독한 환경 속에서 인간이 나약한 존재라는 걸 깨닫고, 자연
에 순응하며, 거친 농사일을 운명처럼 받아들이며 사는 이곳은
부드럽고, 달콤한 세계와는 거리가 먼 척박한 땅이었다. 자연과
종교는 질서와 균형을 끌어들이는 방식이 똑같았다. 종교인과
자연에 순응하는 사람들의 의존방식은 복종이었다. 아무튼, 무
해는 페이에게 부드럽고 달콤한 세계도 있다는 것을 경험하게
해주고 싶었다. 이곳은 혜산처럼 강 건너의 불빛도 볼 수도 없었
고, 색감이 곱고 달콤한 사탕들과 부드러운 카스텔라를 밀수해
서 맛볼 수도 없었다. 이곳은 온통 회색지대였고, 시간이 정지한

곳이었다. 오히려 국경 지역에 위치한 혜산이 더 역동적이었고, 그곳의 시간이 더 빠르게 흘렀다.

카스텔라를 만들기 위해서는 달걀과 밀가루, 소금, 설탕이 필요했다. 북조선에서는 달걀, 밀가루, 소금, 설탕이 귀했지만, 다행히도 쯔에게는 이런 것들이 흔했다.

페이는 카스텔라를 먹을 때 표정이 가장 빛났다. 누구나 부드럽고, 달콤한 세계를 접했을 때 짓는 그런 표정이었다. 카스텔라를 먹은 페이의 몸에서 고소하고 달콤한 냄새가 났다. 부드럽고 달콤한 세계는 늘 사람을 압도하는 매력이 있었다. 사람은 행복하고 즐거우면 시선이 멀리 가고, 자신을 둘러싼 풍경을 둘러보게 된다. 그리고 자신이 느끼고 있는 감각에 집중하게 된다. 그것은 부드러운 세계가 가진 힘이었다. 그녀는 페이가 카스텔라에 푹 빠지기를 바랐다.

해가 떨어지기 전부터 페이는 잠이 들어 있었다. 무해는 꽃잎 같은 페이의 입술을 바라보았다. 그녀는 사랑스러운 저 입속으로 무엇을 넣어줘도 아깝지 않았다. 페이가 학교에 들어가면 학교에서는 부모의 신분을 조사하게 될 것이다. 호적이 없는 그녀는 신분 조회에서 기록이 뜨지 않을 것이다. 학교에서 눈 감아주지 않고, 신고하게 된다면 그녀는 북송을 당해야만 했다. 마을에 공안 차가 뜨면 그녀는 한겨울에도 내복 차림으로 산으로 숨거나, 비 오는 날에도 흙탕물에 뒹굴며 밭에 숨어 있기를 반복했다. 이제는 그 계획을 더는 미룰 수가 없었다.

하늘이 빛을 걷어내자 방 안에 어두움이 차곡차곡 쌓였다. 무해는 텅 빈 마당을 오래도록 바라보았다. 마치 텅 빈 세상을 보는 것처럼. 페이의 숨소리가 한여름의 열기처럼 그녀의 살갗에 끈끈하게 달라붙었다. 지금 이 시간들이 자신의 심장과 핏속을 관통하고 있다는 것을 그녀는 알았다. 무두질 된 그 자리는, 후에 어떤 특별한 무늬를 남길 것이다. 그녀는 잠자는 페이의 얼굴을 간혹 쳐다보면서 노란 수건에서 무명실을 뽑아냈다. 시간을 견디기 위해 매일 하는 일이었다. 밤새 무명실이 작은 산처럼 쌓였다. 반복된 노동은 어느 순간 순정한 마음이 들게 했고, 세계를 단순한 하나의 구도로 만들었으며, 자신을 소박한 사람으로 만들어주었다. 바람 끝에서 비 냄새가 났다. 바람은 비 올 징후를 먼 곳에서부터 끌고 왔다. 그녀는 방문을 닫았다. 밤새 노란 무명실로 페이의 손팔찌를 만들어줄 참이다. 새벽에 페이는 꿈을 꾸었는지 잠에서 깨어나 엄마를 한 번 찾았다. 그녀는 페이의 등을 다독였다. 페이는 노란 팔찌를 차고 다시 잠이 들었다.

도시에 사는 친척 집으로 볼일을 보러 간 쯔와 남편이 돌아오려면 아직 사흘이나 남았다. 무해는 쯔에게 과일 향이 나고 색깔이 고운 사탕과 초콜릿, 머리핀, 인형을 부탁했다.

이틀 뒤 페이는 더 이상 카스텔라를 먹을 수가 없게 되었다. 무해가 탈출에 성공을 했기 때문이었다.

고백기도

계절이 통째로 흘러갔다. 무해는 끝나가는 여름을 아무 말 없이 지켜보았다. 기상청에서는 오랜만에 비 소식을 예보했지만 비는 내리지 않았다. 길에는 흙먼지들이 풀풀 날렸다. 갈 곳을 잃은 거리의 흙먼지들은 여학생들이 신는 하얀 발목 양말로 몰려들었다. 그녀는 목이 칼칼하다며 자주 기침을 했다. 그리고 또 며칠이, 그 며칠이 지났다.

아침에 일어나면, 무해는 마치 남의 집에 온 것처럼 물건 하나하나를 꼼꼼히 살폈다. 예전에 없던 습관이었다. 현관에 벗어놓은 신발, 욕실 길이에 반듯하게 걸려 있는 수건, 테이블 위에 있는 리모컨, 냉장고…… 기억하고 있는 어제의 물건들이 그 자리에 그대로, 마지막 손길이 멈춘 그대로 있다는 사실에 그녀는 안도했고, 감동했으며, 그것들을 다룰 때는 소중한 물건을 다루듯했다. 물건들이 안전하게 제자리에 있다는 것은 여전히 그 물건이 주인의 습관 속에 머물러 있다는 것이며, 그 주인도 역시 익숙한 일상 속에 안전하게 있다는 것이었다. 그 익숙한 일상이 조금이라도 깨져버리면, 사람은 마치 시간 밖으로 튕겨져 나간 것처럼 불안감에 휩싸였다. 익숙한 일상은 쌓아놓은 단단한 성벽 같은 시간이었다. 그녀는 끊임없이 사물을 바라보고 확인하면서 자신을 식별하고, 인식하는 과정을 반복했으며 사물에 붙잡혀 있기를 바랐다. 그것은 자기 세계에서 사라지지 않으려는 존재와의 사투였다.

기억의 존재 방식은 재현이다. 치매의 세계는 재현이 사라진 세계이다. 그것은 곧 자기 세계가 사라졌다는 것을 의미했다.

무해는 동네에서 길을 잃은 후, 그 부분에서는 여전히 상태가 좋아지지 않았다. 단 한 번 길을 잃었을 뿐인데 어떻게 단계도 거치지 않고 길을 찾는 감각이 완전하게 없어질 수 있는지 모래는 이해가 가질 않았다. 그녀는 아파트를 벗어나 도로변으로 나가면 주위 환경을 낯설어했다. 특히 복잡한 교차로 부분을 지날 때 그녀는 당황한 기색을 보였다. 그녀는 집에서 가깝고 한적한 곳만 기억을 했다. 가만히 보면 그녀는 소음이 심하거나 길이 복잡하거나 사람들이 붐비는 곳은 잘 기억하지 못하는 것 같았다.

어제 아침, 무해는 입이 바짝 말라서 토스트를 먹지 못했다. 그녀는 토스트 대신 간단하게 사과를 갈아 마셔야겠다고 생각했다. 그런데 갑자기 사과라는 단어가 생각나지 않았다. 사실 단어가 생각나지 않을 수도 있었다. 치매 환자가 아니어도 단어가 생각나지 않는 경우는 일반인에게도 흔한 일이었으니까. 하지만 그녀는 매일 먹는 사과라는 단어가 생각나지 않자 무척 초조해했다. 그녀는 아무리 생각해도 사과,라는 단어가 끝내 생각나지 않아서 "빨간 거, 사각사각"이라고 말했다. 모래는 햇사과 수확이 한창이니 매년 거래했던 곳에서 사과 한 상자를 주문하자고 그녀에게 말했다.

"올해는 사과차하고 사과잼 좀 만들까?" 모래가 말했다.

"……"

무해는 매년 이맘때 산지에서 직접 사과를 배송 주문했던 일을 아예 기억하지 못했다. 그녀는 그런 식으로 병의 진행 상황을 알려왔다. 치매란 기억의 재현에서 끊임없이 인간을 분리하는 일이다.

며칠 전, 무해는 감기 증세로 병원을 다녀왔다. 목소리가 자주 쉬고, 기침을 하고, 편도선에 이물감이 느껴지며 콧물과 근육통이 있었다. 그녀는 목감기이겠거니 생각했다. 하지만 이비인후과에서 내린 병명은 감기가 아니라 역류성 인후염이었다. 의사는 위와 식도 사이에 있는 괄약근이 약해져서 생기는 병이라고 했다. 그녀는 일주일 치 항생제를 처방받았다.

"괄약근이 벌써 노화됐다니, 늙으니 별게 다 오는구나."

무해는 쓸쓸한 표정을 지으며 말했다.

무해는 안전하게 할머니가 되고 싶었다. 그녀는 안전하게, 안전하게, 라는 말을 몇 번이고 반복해서 중얼거렸다. 그녀는 얼마 전에도 비슷한 말을 반복했었다. "무사히 살고 싶었는데. 무사히……" 그녀는 안전하게, 무사히,라는 말을 자주 사용했다. 늙기도 전에 어머니와 아버지를 잃어버린 그녀는 누구나 쉽고 당연하게 노인이 되는 것이라고 생각하는 일반인들과는 달리, 노인이 되는 일은 결코 쉬운 일이 아니며, 무사히 행운이 지속되어야만 노인이 된다고 생각했다.

무해는 안전에 대한 강박증이 있었다. 모래가 외출했을 때 가끔 그녀는 핸드폰으로 전화를 걸었다. 특별한 용건이 있어서가 아니었다. 아침에 모래가 집에서 나갈 때 했던 말을 다시 반복하기 위해서였다.

"횡단보도를 건널 때 항상 조심해. 운전자들이 신호를 지킬 거라고 생각하지 마. 항상 방어하면서 길을 건너. 운전자들이 언제든지 보행자를 칠 수가 있어. 횡단보도를 건널 땐 스마트폰 보지 말고, 차를 보면서 걸어. 파란불이 깜박일 때 무리하게 길 건너지 마."

무해는 유독 횡단보도 건너는 일에 강박증을 보였다. 아주 오래전부터 그래왔다. 남편 역시 출근할 때마다 그녀에게 들었던 말이었다. 대개 사람들은 무단횡단하지 말고 차 조심하라는 보행자 위주의 말을 하지만, 그녀는 신호를 잘 지키지 않고 사고를 내는 운전자들을 두려워했다. 그녀는 자기 자신이 잘못해서 운명이 바뀌는 것이 아니라, 타인의 부주의로 인해 운명이 바뀌는 일을 두려워했다. 가족 중에 횡단보도를 건너다 교통사고를 당한 사람도 없었다. 예전에 모래는 그녀가 유별나다는 생각을 했었다. 하지만 지금 모래는 그녀를 이해한다. 압록강을 건너는 일이 횡단보도에서 다시 재현되고 있는 것일까? 등 쪽에서 언제든지 총을 쏠 수 있는 국경 경비대 군인들이 신호를 지키지 않고 횡단보도를 향해 돌진해버리는 운전자들로 재현되고 있는 것은 아닐까? 그녀는 자신의 의지와 상관없이 벌어지는 사고에 대해서 두려움과 분노를 가지고 있었다.

애초부터 인간이 존엄을 지키면서 늙는다는 것은 불가능하다고 무해는 모래에게 말했다. 그런 의미에서 늙는다는 것과 굶는다는 것은 똑같다고 그녀는 말했다. 그러면서 그녀는 늙음과 굶주림은 마지막 인간의 자존심마저 깡그리 버려야 하는 거라고 강조하듯 말했다. 그렇게 말하는 그녀의 표정에서 얼핏 비장함이 보였다.

병원에서 처방전을 받고 집으로 돌아갈 때 무해는 허깨비가 걷는 것처럼 휘적휘적 걸어갔다. 늦여름 햇빛이 과녁에 꽂히는 화살처럼 그녀의 등을 쏘아댔다. 그녀는 집 근처의 자매호프집을 지날 때 걸음 속도를 늦추었다. 자매가 아닌 부부가 하는 호프집이었다. 자매호프집에서는 점심 특선으로 비빔국수를 팔았다. 메뉴는 오로지 그거 하나뿐이었다. 그녀는 영주와 자매호프집에서 비빔국수를 먹은 적이 있었다. 그녀는 파라솔 아래 앉아서 비빔국수를 먹는 젊은 두 여자를 바라보았다. 모래도 그녀를 따라 두 여자들을 쳐다보았다. 그녀들은 참, 맛있게도 국수를 먹었다.

얼마 전, 갑자기 노인이 되었다고 생각한 무해는 모래에게 이런 말을 했다. 노인은 젊은 사람들의 수다에 귀를 기울이고, 그 시답잖은 내용에 실망하며 다시 실망하기 위해 그들의 말에 귀

기울인다고. 그러면서 노인은 시답잖은 것은 젊음이나 노년이나 마찬가지라며 스스로 위안한다고 말했다. 노인들이 젊은이들에게 확인하고 싶은 것은 단지 이것뿐이라고 그녀는 말했다. 그녀가 두 젊은 여자가 먹고 있는 비빔국수를 먹고 싶어 하는 것도 이미 알고 있는 그 맛이 별거 아니라는 것에 다시 실망하기 위해서인지도 모른다. 하지만 그녀는 비빔국수를 먹고도 생맥주를 주문하는 그녀들을 보고 부러움을 숨기지 못한 채 나지막한 목소리로 말했다.

"젊다……."

"엄마도 아직 젊어. 엄마, 이제 과식도, 야식도 안 돼. 소식해야 되고, 기름지고, 자극적인 거 이제 못 먹어. 이제 내가 관리해줄게. 엄만 잘 따라오기만 하면 돼."

이비인후과 의사는 식사 후에 바로 눕지도 말고, 과식은 금물이며, 기름지고 자극적인 음식과 카페인이 들어간 커피도 마시지 말라고 말했다. 물을 자주 마시고, 운동을 열심히 하라고 의사는 말했다. 조금만 생활이 흐트러지면 바로 재발하는 게 역류성 인후염이라고 의사는 설명했다. 그러니까 의사의 말은 교과서적인 모범생 생활을 하라는 말이었다.

"엄마가 네 인생에 끼어들어서 어쩌니?"

무해는 한숨을 쉬며 말했다. 병든 엄마를 보살펴야 하는 모래에 대해서 그녀는 자주 그렇게 말했다. 모래는 '끼어든다'라는 그녀의 표현이 마음에 들지 않았다.

모래는 노인들은 다들 그렇게, 좀 지루할 수 있는 하루하루를 보내겠지? 라는 생각을 하곤 했었다. 공원에 혼자 앉아 있는 노인들이나 아파트 주변을 노인 보행기를 끌고 다니는 노인들을 보면 그들을 둘러싼 시간들이 때론 정지된 것처럼, 때론 개미 걸음처럼 지루하게 흘러가는 것처럼 보였다. 그래서 모래는 노인이 되는 것이 두려웠다. 노인이 되면 어떤 방식으로 시간을 보내야 할지 알 수 없었다. 하지만 그들은 하루하루를 절벽에 매달리는 심정으로 투쟁하듯 살고 있었다. 젊었을 때와는 색깔이 다른 또 다른 치열함이었다. 무해는 실제 노인은 아니었지만 초로기 치매로 하룻밤 사이에 노인으로 변해버렸다. 아무 보상도 없이 제멋대로 시간을 훌쩍 건너뛴 셈이었다. 그런 세상은 더는 안전지대가 아니었다. 인간이 시간을 초월한다면 세상은 안전지대가 될 수도 있겠지만, 그것은 불가능했다. 천천히 하루하루 쌓아가며 만들어야 될 시절을 갑자기 널뛰듯이 훌쩍 넘어버려 생긴 시간의 격차를, 그녀는 지금 어떻게 견디고 있을까? 모래는 궁금했다. 사실 시간을 건너뛴 사람은 모래도 마찬가지였다. 이제 겨우 대학생이 된 모래에게는 이른 병간호가 시작된 것이다.

무해는 폭식 때문에 역류성 인후염이 더 심해진 것 같았다. 그녀는 최근 폭식을 자주 했다. 몇 주 전, 모래는 부엌 서랍장 문을 열었다가 깜짝 놀랐다. 시렁장 속에서 수십 개의 가스텔라와 금붙이들이 쏟아져나왔다. 편의점 꿀 카스텔라, 체인 제과점의 카스텔라. 재래시장에서 파는 카스텔라. 그녀는 동네를 돌면서 카스텔라를 수집한 듯했다.

오래전, 무해는 유년 시절에 대해서 이런 말을 한 적이 있었다. 성인이 되어서도 지금에 집중하기보다는 자주 유년 시절로 되돌아가기를 더 좋아하는 사람은 유년기에 결핍이 많은 사람이라고. 그래서 지금 자신이 처한 문제의 핑곗거리를 그곳에서 찾기 위해 유년 시절의 기억 속으로 자주 빠져드는 거라고.

반대로 유년 시절에 결핍이 없이 풍족하고, 많은 사랑을 받은 사람은 부모님이 부재한 후에야 비로소, 유년 시절로 되돌아간다고 무해는 모래에게 말했다. 그 이유는 유년기가 자신의 삶에 어떤 영향을 끼쳤는지 낙관해보기 위해서라고 그녀는 말했다.

카스텔라는 무해에게 있어 두 사람의 유년기가 생각나는 빵일지도 모른다. 그녀 자신과 페이. 치매 환자에게 가장 마지막까지 남는 기억도 바로 유년 시절이었다.

무해는 온종일 유년 시절에 머물러 있는 날도 있었다. 그리고 하루하루 갈수록 더 자주 유년 시절로 되돌아갔다. 모래는 그런 그녀를 방해하지 않고, 그대로 두었다. 노인의 눈빛은 세상을 다 아는 듯한 낙담의 눈빛이지만, 유년 시절로 돌아간 그녀의 눈빛은 미지의 세상을 꿈꾸는 듯한 눈빛이어서 모래는 좋았다.

서랍장 속에서 쏟아져나온 금붙이들은 행운의 열쇠, 금반지, 모래 아빠가 회사에서 받은 근속상 금메달들이었다. 노란 물건들이 쏟아지니 서랍장 속에서 노란 혁명이 일어난 것 같았다. 모래는 반짝이는 노란빛에 눈이 부셨다. 모래는 노란색을 보면 동물 학대와 바리케이드, 황색언론이 떠올랐다. 그중 동물 학대인 인디언 옐로를 가장 먼저 떠올렸다. 인디언 옐로는 강제로 병들게 한 소의 오줌에서 추출되었다. 이 색을 얻기 위해 사람들은 소에게 여린 망고 잎과 물만 먹였다. 소들은 시름시름 앓았고, 방광에 결석이 생겨서 통증에 시달렸다. 모래에게 노란색은 억압, 금지의 이미지였다. 하지만 무해의 기억 속에 각인된 노란색의 뿌리들은 들판에서 풍요롭게 익어가는 황금 벼, 아버지가 압록강 밀수를 통해 가져온 금붙이, 노란 옥수수, 노동당 깃발 속에 들어 있는 노란색의 망치와 붓, 낫, 이런 것들일지도 모른다.

2009년 북한이 기존의 구권 백 원을 신권 일 원으로 교환하는 화폐개혁을 했다는 뉴스를 보고, 무해는 울었다. 다, 죽었구나. 북한에는 그녀의 친척들이 아직도 살고 있었다. 북한 당국은 집집마다 숨어 있는 돈을 거둬들이기 위해 화폐개혁을 시도했지만, 결국 북한 화폐를 믿지 못해 진작부터 금이나, 런민비, 달러를 가지고 있었던 사람들만 살아남았다. 그녀가 북한에 있었을 때도 북한 화폐는 가치가 형편없었다. 그녀의 아버지는 북한 화폐를 신뢰하지 않았다. 그는 런민비로 돈을 벌어 다시 금붙이로 바꾸었다. 그가 신뢰하는 건 금붙이뿐이었다. 그녀가 한국에서 가장 적응하기 힘들었던 것이 은행과 보험이었다. 은행과 보험을 신뢰한다는 게 그녀에게는 쉽지 않았다. 그래서였을까? 그녀가 서랍장 속에 금붙이들을 숨겨놓은 이유들이? 그녀가 금붙이에 애착을 갖는 건, 인간의 생활을 안전하게 담보할 수 있는 화폐에 대한 불신 때문이었을지도 모른다. 모래는 자신이 사용하는 화폐를 믿을 수 없다는 것이 어떤 것인지 알지 못했다. 다만 그런 일이 벌어진다면 그것은 끔찍한 재난이라고 모래는 생각했다.

금붙이를 바라보는 무해의 눈이 반짝였다. 그녀는 가난하고 굶주릴 때는 혁명이 일어나지 않는다고 말했다. 혁명은 오히려 경제가 좋아져서 오로지 관심이 자신으로만 향하게 될 때 일어난다고 말했다. 혁명은 갑자기 하늘에서 별똥별이 떨어지듯이 어느 날 우연히 파도를 타고 온다고도 말했다. 그녀는 지금 노란 혁명을 꿈꾸는 것일까? 그녀에게 금붙이는 단지 의식주를 해결하고 부를 축적하는 수단으로서의 의미만 있는 건 아니었다.

무해는 세상에 존재하는 힘은 균형을 유지하기 위해 쓰이지 않는다고 말해주었다. 물리와 수학을 좋아했던 그녀는 세상에는 힘의 균형이 존재하지 않으며, 물리에서 배우는 힘의 균형이란 오로지 사람의 힘이 더해지지 않는 '자연'에서만 일어나는 일이라고 말했다. 공평한 세상. 그것은 공평한 세상을 꿈꾸는 사람들의 헛된 망상이라고 그녀는 생각했다. 불공평한 세상에서 그녀는 자신의 노력으로 사들인 금붙이만이 가장 신뢰할 수 있는 희망이라고 생각했을지도 모른다. 금붙이는 그녀에게 자기 혁명이자, 자기 희망의 모든 것일 수도 있었다.

며칠, 비가 내렸다.

월요일 이른 아침, 모래는 베란다에 서서 밖을 내다보고 있었다. 비에 젖은 아스팔트가 번들거렸다. 모래는 아침에 일어나자마자 무해가 무엇에 홀린 듯 중얼거렸던 말을 곱씹었다.

"나는 서서히…… 기억을 잃어가며 죽어가고 있는데…… 이상하게도…… 삶에 가장 중요한 시기가 점점 다가오는 것 같아."

아파트 상가 편의점에서 울긋불긋한 등산복을 입은 한 무리의 중년 여성들이 쏟아져나왔다. 습도가 높아 그녀들이 왁자지껄 떠드는 소리가 여느 날보다 선명하게 들렸다. 추석날 아침부터 산을 오르기 위해 온 등산객들이었다. 자매호프집과 성당 사이의 골목길은 등산로로 이어져 있었다. 중년 여성들은 자매호프집을 끼고 골목 안으로 사라졌다.

성당 지하 주차장 입구는 안으로 들어가려는 승용차들이 줄을 이었고, 성당 앞마당에는 삼삼오오 교인들이 모여 인사나 잡담하는 모습들이 보였다. 오른쪽에는 하얀 옷을 입은 성모 마리아가 두 손을 모으고 교인들을 바라보고 있었다. 세 명의 교인들이 성당 건물 안쪽으로 들어가자, 누군가 성당 마당을 가로질러 아파트 쪽으로 걸어왔다. 영주였다. 모래는 무해와 함께 나갈 채비를 서둘렀다.

무해와 영주는 성수를 이마에 찍어 바르고, 성호를 긋고 나서 성당 안으로 들어갔다. 밖은 여전히 여름의 열기가 남아 있는데 성당 안은 서늘했다. 아직 향을 피우지 않았는데도 성당 안에서는 향냄새가 나는 듯했다. 그녀와 영주는 제단 앞으로 갔다. 두 사람은 제단에 붙여놓은 하얀 종이를 눈으로 훑었다. 종이에 적힌 남편의 이름들을 찾기 위해서였다. 성당에서는 명절 때마다 돌아가신 분들을 위한 위령미사를 드리고, 위령미사를 드릴 명단을 흰색 종이에 까만색 글씨로 적어 제단 앞에 펼쳐놓았다. 명단에서 남편의 이름을 찾았는지 그녀가 웃으면서 손가락으로 그의 이름을 가리켰다.

강은석. 요셉.

무해는 남편 이름에다 스마트폰을 갖다대고 사진을 찍었다. 그녀는 명절 때마다 늘 성당에서 합동 위령미사를 드렸다. 그녀는 위령미사 명단에 오로지 남편 이름만 올렸다. 그녀는 부모님 제사는 지내지 않았다. 실종되었기 때문이었다. 여전히 어디엔가 부모님이 살아계실 거라 그녀는 생각하고 있었다. 그녀는 위령미사 대신 두 분의 생미사를 드렸다.

올 명절 처음으로 모래는 실향민이라는 단어를 떠올렸다. 얼마 전까지만 해도 자신과 무관했던 단어가 오랜 세월 함께 해온 말처럼 낯익게 달라붙었다. 사람은 공간이 없으면 상상도 인식도 하지 못한다. 가보고 싶어도 가지 못하는 고향을 가지고 있는 실향민들은 평생 과거 속의 고향만을 가지고 있을 터였다. 고향을 떠나온 이후로 그 공간에 대한 상상은 더는 불가능 했으리라. 무해의 고향. 잃어버린 공간. 갈 수 없는 곳. 이제 그녀에게도 매년 그리워할 땅이 생겼다.

무해는 예전에도 이상한 구석이 있었다. 그녀는 공간에 대한 인식이 다른 사람과는 달랐다. 그녀는 한반도 지도를 거꾸로 보았다. 그러니까 보통은 남쪽이 아래, 북쪽이 위로 가게 놓고 지도를 보는데, 그녀는 북쪽이 아래 남쪽이 위로 가게 놓고 지도를 보았다. 가보지 못하는 북한에 대한 그리움으로 남한 사람들은 북쪽을 위로 향한 채 보지만, 남한에 대한 상상과 그리움을 가지고 있는 사람들은 남쪽을 위로 향한 채 지도를 보았다. 그리움의 대상을 하늘과 가깝게 올려놓고 보는 것이다. 그녀는 어릴 적 습관대로 여전히 남한을 위로 두고 지도를 보았다. 그녀는 지도를 보면서 남한 땅이 외롭게 보인다고 말했다. 처음에 모래는 그녀의 말뜻을 이해하지 못했다. 중국과 육지로 붙어 있는 북한을 위에 놓고 보면, 전혀 그런 생각이 들지 않지만, 그녀가 보는 방식대로 지도를 거꾸로 보면 일본과 뚝 떨어져서 바다로 둘러싸인 남한은 정말로 외로운 섬처럼 보였다. 그녀는 섬처럼 보이는 남한 땅에서 몸서리치게 외로웠을 것이다.

미사가 시작되기 전, 무해는 어떤 생각에 꼼짝없이 붙잡혀 있었다. 그녀는 딱딱한 석고상처럼 앉아 있었다. 그녀는 주위 사람들이 전혀 눈에 들어오지 않았다. 그녀의 시선은 딱히 어딘가에 닿아 있지 않았다. 성당은 추석 합동 위령미사를 봉헌하기 위해 온 교인들로 붐볐다. 자리를 잡지 못한 교인들은 벽 쪽에 서서 주위를 두리번거렸고, 성당 봉사자들은 그들에게 빈자리를 마련해주기 위해 분주히 움직였다. 수녀님들은 향을 피우기 위해 화로를 봉헌대 위에 올려놓았다. 화로에서 향냄새가 진하게 퍼져나왔다. 미사를 드릴 제단 뒤에는 뼈만 앙상하게 남은 예수가 머리를 떨구고 있었다. 사람들은 구도자와 마주 앉았다. 거리가 너무 멀어서 구도자의 표정은 보이지 않았다. 구도자는 단지 고통스러움에 머리를 떨구고 있는 것일까, 아니면 이미 죽은 것일까, 그것도 아니면 아래에서 자신을 걱정하고 있는 사람들을 내려다보고 있는 것일까. 모래는 구도자의 시선이 궁금했다.

입당성가를 부르기 위해 사람들이 자리에서 일어났다. 모래는 의자에 앉아서 일어날 생각을 하지 않고 있는 무해의 팔을 잡고 흔들었다. 그녀는 여전히 어떤 생각에 몰두하고 있었고, 그 생각에서 쉽게 빠져나오지 못했다. 그녀의 표정은 무엇에 홀린 사람 같았다. 그녀는 영주 손에 이끌려 자리에서 일어났다. 그녀는 입을 오물오물 거렸으나 건성으로 성가를 불렀다. 이미 그녀의 시선은 성가 책에서 비껴가 있었다. 입당성가가 끝나갈 무렵, 하얀색의 전례복을 휘적거리며 입당한 신부님은 십자가 앞에 예수와 나란히 섰다. 예수와 신부가 죽은 자와 산 자로 나란히 섰고, 교인들과 삼위일체를 이루며 미사는 시작되었다.

"전능하신 하느님과 형제들에게 고백하오니 생각과 말과 행위로 죄를 많이 지었으며 자주 의무를 소홀히 하였나이다."

"제 탓이요."

"제 탓이요."

"저의 큰 탓이옵니다."

모래는 고백기도를 드리면서 주먹으로 세 번 가슴을, 쳤다.

"그러므로 간절히 바라오니 평생 동정이신 성모 마리와 모든 천사와 성인과 형제들은 저를 위하여 하느님께 빌어주소서."

턱, 턱, 턱.

무해는 고백기도 중에서 가슴을 치는 부분이 끝났는데도 여전히 주먹으로 가슴을 치고 있었다. 입안이 바짝 말랐는지 그녀의 윗입술이 안으로 말려들어가 있었다.

"전능하신 하느님, 저희에게 자비를 베푸시어 죄를 용서하시고 영원한 생명으로 이끌어주소서. 아멘."

고백기도는 끝났다.

무해는 여전히 주먹으로 음식을 먹다 체한 사람처럼 가슴을 치고 있었다. 그녀는 고백기도를 끝내지 못하고 있었다.

"끅, 끅, 끅⋯⋯."

무해의 입에서 신음이 가늘게 새어나왔다.

모래는 영주와 함께 그녀의 양팔을 잡고 다급히 복도로 끌고 나갔다. 그녀의 팔은 마치 오래된 나무를 만지는 듯 딱딱했다. 산송장 같았다. 복도에 발을 딛자마자 그녀의 입에서 울음 소리가 터져나왔다. 그 울음 소리는 엄마를 잃어버린 아이의 울음 소리 같았다. 그녀는 한 손으로 입을 틀어막았다. 그녀는 호흡하기가 힘든지 어깨와 가슴을 심하게 들썩였다.

순간, 소름 끼치는 어느 과거의 장면 하나가 모래의 머릿속을 빠르게 스치며 지나갔다. 가끔 모래는 무해에게 온 전화를 대신 받을 때가 있었다. 전화를 건 사람들은 모래의 목소리가 그녀와 똑같아서 그녀인 줄 알고 깜박 속을 때가 많았다. 지금 그녀의 울음 소리가 모래의 목소리와 너무 똑같았다. 모래는 자신의 울음 소리를 듣고 있는 것 같았다. 거목이나 바위, 산 같았던 그녀가 어린아이처럼 우는 것도 모래는 당황스러웠다. 모래는 한 번도 본 적이 없는 그녀의 모습이 낯설었다. 모래는 이상한 기분에 휩싸였다.

어릴 적, 모래는 길을 잃은 적이 있었다. 한옥 주택가 골목에 서였다. 골목마다 서 있는 한옥 대문의 모양이 너무 똑같았다.

모래는 잠시 딴짓을 하다가 그만 무해를 놓쳐버렸고, 골목길에서 길을 잃어버렸다. 시간이 얼마나 흘렀을까? 모래는 골목길에서 오랫동안 울었다. 검은 형체의 공포가 발뒤꿈치를 물고 있는 것처럼 한 발자국도 움직이지 못하고 있었던 모래는 울고, 또 울었다. 울고 있는 자신의 목소리를 어디선가 그녀가 들었던 것일까. "모래야." 그녀의 목소리가 골목 끝에서 들려왔다. 그리고 이내 달려오는 그녀의 모습이 보였다. 그녀는 놀라서 얼굴이 하얗게 질려 있었고, 숨을 제대로 못 쉬었는지 입술은 핏기가 다 사라져 푸른색으로 변해 있었다. 그녀는 숨이 막힐 정도로 모래를 꼭 안아주었다. 그때 모래는 빠르게 뛰는 그녀의 심장 소리를 들었다.

모래는 영주와 함께 무해를 데리고 성당 뒤뜰로 나갔다. 고백기도를 마치고 싶지 않았는지 그녀는 울음을 금방 멈추지 못했다. 그녀는 슬퍼서 우는 게 아니라 너무 지쳐서, 울고 싶지 않은데 그만 울라는 누군가의 신호가 떨어지지 않아서 기계적으로 우는 것처럼 보였다. 우는 것도 그녀에겐 힘들어 보였다. 아니, 어떤 감정인지 그녀도 혼란스러워하는 것 같았다. 점점 그녀의 울음 소리는 잦아들었다. 울음을 그친 그녀는 눈처럼 하얀 성모 마리아가 서 있는 벤치에 한참 동안 앉아 있었다. 맥이 다 빠지도록 울었던 그녀는 좀 전의 상황을 까마득히 잊어버린 것인지 아무 일도 없었다는 말간 얼굴로 앉아 있었다.

무해가 태어난 곳은 강가에서 바라보았던 노란 불빛에서였다. 국가와 국가의 경계선에 존재하는 노란 불빛은 국경선 어딘가에 존재하지만, 국경선을 벗어나면 존재하지 않는 빛이기도 했다. 그 노란 불빛은 때론 가슴에 꽂은 깃발로 변하기도 했다. 그 노란 깃발은 바람이 조금 거세게 불면 맥박 뛰는 리듬과 같은 2박자의 행진곡으로, 바람이 잔잔해지면 천천히 걷는 4박자 행진곡의 리듬을 만들었다. 그렇게 그녀는 가슴 두근거리면서 노란 불빛 속에서 걷고, 또 걸었다.

거친 세계에서 무해를 버티게 해준 것은 가장 마지막까지 치아에 남았던 농마국수의 끈질김이었다. 치아에 남은 감각은 기억이 되었고, 기억은 신념이 되었다.

무해를 조국에서 떠나게 한 것은 급류와 함께 떠내려온 죽은 자들의 말들이었다. 산 자가 거둬들인 죽은 자들의 말은 다시 생명을 얻어 진실이 되었고, 증언이 되었다.

무해는, 이 모든 것들을 잊었을지도 모른다.

무해의 기억 속에 마지막으로 남은 것은 어쩌면, 자고 있는 어린 페이를 두고 들판을 달렸을 때 뛰었던 가슴의 두근거림일지도 몰랐다. 하지만 그녀가 정말 잊은 것이 하나 있었다. 세상에서 가장 안전한 곳인 어머니의 자궁 속에서 먼 북소리처럼 들려오던 어머니의 심장 소리.

모래는 한옥 주택가 골목에서 무해가 자신을 안아주었던 것처럼 그녀를 꼭 안아주었다. 그녀가 자신의 심장 소리를 들을 수 있게. ▨

작가의 말

몇 년 전 나는 지독한 상실감에 빠져 있었다.
누가 날 부르는 소리도 듣지 못했고,
횡단보도의 신호도 보지 못했다.

나는 몰입할 거리를 찾아다녔다.
뭘 해도 흥미가 생기지 않았다.
유일하게 몰입되었던 것이 소설 쓰기였다.

단편소설을 썼다.
일 년 반 만에 펜을 놓았다.
그즈음, 나는 완벽하지는 않지만 치유가 많이 되었다는 것을
알게 되었다.
그리고 며칠 뒤,
나는 일 년 반 전으로 다시 되돌아갔다.

나는 장편소설을 쓰기 시작했다.

나는 이런 방식으로 상실감을 견뎠고,
어쩌다 보니, 여기까지 오게 되었다.

《무해의 방》은 당선이 되었을 때만 해도 치매와 탈북자 이야
기라고 생각했다.
1월 어느 날, 무해 한 사람에게 너무 많은 상실의 종류를 안겨
주었다는 사실을 알게 됐다. 아마도 나는 생명을 위협할 정도의
지독한 상실감에 대해서 쓰고 싶었던 것 같았다.

같은 경험을 했을 다른 사람들에게도 자꾸 시선이 간다.
지금 이 순간, 상실의 고통 속에 있는 당신과, 소설 속에서 죽
도록 고생하다 또다시 무한 경쟁 속으로 던져진 무해에게 조용
히 내 손을 내밀어본다.

1월 16일 소설에 대해 대화를 나누면서 한눈에 반했던 이진
희 이사님,
소설 제목까지 짓느라, 고생하신 은행나무 편집자분들,
심사를 봐주신 윤대녕, 송종원, 윤성희, 구병모 선생님,
모두 감사합니다.
겸손하라는 말씀과 함께,
끝까지 당선작에 대한 의심을 놓지 않으셨던 윤대녕 심사위

원장님의 말씀 가슴 깊이 새기며 우려하신 만큼 열심히 실력을 쌓겠습니다.

어느 책을 보든 간에 모두들 뼛속까지 내려가서 쓰라는 말뿐 인데, 당분간 소설을 쓰지 말고 쉬라고, 오로지 당선의 기쁨만 만끽해보라고 마치 오빠처럼 따뜻하고 다정하게 대해주신 한국 경제신문 은정진 기자님 감사합니다.

에너지 소진될까봐 걱정해주고, 여러 차례에 걸쳐 소설 얘기를 나누면서 '무해의 방'에 대한 편집자로서의 무한한 애정, 그리고 저에 대한 신뢰를 보면서 고맙고, 애틋했습니다. 그 말들이 자꾸 생각나고, 가슴이 뛰곤 합니다. 박연빈 편집자님, 감사합니다.

마지막으로 책임 편집자였던 백다흠 편집장님,
편집자의 감정은 절제하고, 저에게 완벽할 정도로 맞춰주고, 기다려주고, 배려해주고, 진지하게 긴 얘기 들어주고, 애정 어린 조언을 해주고, 소설 쓰는 사람의 기분과 자신이 해야 할 말 사 이 어디쯤에서 늘 조심스럽게 서성이고 있는 그림자 같은 편집 자의 일은 쉽지 않은 일이고, 그 덕분에 저는 의지가 되고, 많은 도움을 받았습니다. 5개월 동안 감사했습니다. 저에겐 최고의 편집자였습니다.

사랑하고, 사랑하는 나의 엄마,

내가 엄마를 너무 고생시키는 건 아닌지, 너무 외롭게 만드는 건 아닌지 늘 가슴이 아파요.

내가 가벼워지지 않고 내 무게만큼 지상에 발을 붙이고 서 있게 해준 사람은 바로 엄마예요. 엄마, 오래오래 건강하게 내 곁에 계셔주세요.

내 모든 것,
아버지,
저 소설 쓰는 거 알고 계신가요? 보고 계신가요?

2019년 5월
진유라

참고자료

- 《북조선 환향녀》(강동완·라종억, 너나드리, 2017)에서 '환향녀'의 어원 일부를 인용했습니다.
- 《엄마 미안해》(마쓰우라 신야, 이정환 옮김, 한국능률협회컨설팅(KMAC), 2018)에서 '뇌에 병변이 발생하면 기억, 자아, 성격 등이 변하고 열악해지는데 그러한 변화를 객관적으로 인식하기 어려운 것이다'라는 문장을 인용했습니다.
- 《존재의 세 가지 거짓말》(아고타 크리스토프, 용경식 옮김, 까치, 1993)에서 '지독한 고독에 시달리던 아이는 거짓말을 하기 시작'이라는 문장을 인용했습니다.
- 기사 「북한 교원(교사) 생활」(〈NK조선〉, 2013년)에서 일부 발췌 인용했습니다.
- 기사 「북 밀수꾼, 마약밀매에 꽃제비 이용」(〈NK조선〉, 2014년 8월 8일 게재)에서 일부 발췌 인용했습니다.
- 기사 「마약밀매에 이용되는 북한 꽃제비 실태」(〈이코노믹포

스트〉2014년 8월 8일 게재)에서 일부 발췌 인용했습니다.

- 기사 「[월드 이슈] 중국도 아프다… 농촌엔 장가 못 가는 '광군', 이혼율은 美 수준 치솟아」(〈국민일보〉 2016년 3월 28일 게재)에서 '줄기 하나 없는 몽둥이 광군' 부분을 발췌 인용했습니다.

- 기사 「굶주린 북한 병사들 범죄 속출」(〈자유아시아〉, 2016년 9월 16일 게재)을 참고했습니다.

- 칼럼 「그건 욕망이외다」(유홍준, 〈한겨레〉 칼럼, 2019년 2월 22일 게재)에서 '언감자, 양강도 감자'에 대한 내용을 인용했습니다.

- 방송 〈이제 만나러 갑니다〉(채널A, 2015년 3월 1일, 167회)에서 '양잿물 죽'에 대한 내용을 참고했습니다.

- 통일부 블로그 「남한 학생만 공부하니? 북한 학생도 공부한다!」에서 '북한의 공교육비' 내용을 일부 발췌 인용했습니다.

- 유튜브 채널 '배나무배나TV'에서 '니탄밥'에 대한 내용을 참고했습니다.

- 중국어는 '신회외국어학원' 여혜윤 선생님의 도움을 받았습니다.

- 북조선 노래 가사는 개작한 것임을 밝힙니다.

무해의 방

1판 1쇄 인쇄 2019년 5월 23일
1판 1쇄 발행 2019년 5월 30일

지은이 · 진유라
펴낸이 · 주연선

총괄이사 · 이진희
책임편집 · 백다흠 박연빈
표지 및 본문 디자인 · 이다은
책임마케팅 · 강원모
마케팅 · 장병수 최수현 김다은 이한솔
관리 · 김두만 유효정 박초희

(주)은행나무
04035 서울특별시 마포구 양화로11길 54
전화 · 02)3143-0651~3 | 팩스 · 02)3143-0654
신고번호 · 제 1997—000168호(1997. 12. 12)
www.ehbook.co.kr
ehbook@ehbook.co.kr

ISBN 979-11-89982-19-5 (03810)